KB270572

몽테크리스토 백작 2

일러두기

- 이 책은 Alexandre Dumas, 『*Le comte de Monte-Cristo*』 Tome I, II, III, IX(Project Gutenberg, 2006)를 참고했습니다.

큰글자 세계문학컬렉션
17

몽테크리스토 백작 2

알렉상드르 뒤마 지음ㅣ진형준 편역

살림

몽테크리스토 백작 1 차례

몽테크리스토 백작 3 차례

제
2
권

알베르를 구해주다

그들은 함께 마차에 올랐다. 조금 전의 광경과 비교해볼 때 과연 같은 장소인지 의심스러울 정도였다. 음산한 사형집행 분위기는 간 곳 없이, 포폴로 광장은 이제 사람들이 미친 듯 날뛰는 향연 장소였다.

군중들은 온갖 광대 복장을 한 채 가면을 쓰고 거리로 쏟아져 나와 밀가루를 묻힌 달걀, 색종이, 꽃다발 들을 마구 던지고 있었다. 상대방이 아는 사람이건 아니건 상관하지 않았다. 프란츠와 알베르는 아직 사형집행의 충격에서 헤어나지 못하고 있었다. 그러나 차츰 주변의 들뜬 기분에 휩싸이기 시작했다. 그리고 결국 그 광란의 축제에 끼어들었다. 그들은 마차 안에서 몸을 일으켜 자루에서 달걀, 사탕 등을 꺼내 주먹에 움켜쥐고 사람들을 향해 힘껏 던지기 시작했다. 그러자 바로 전에 본 우울한 사건은 기억 속에서 사라졌다.

백작은 마차가 두 번째 거리를 돌기 시작했을 때 그들에게 실례하겠다고 말하고 마차에서 내렸다. 바로 로스폴리 저택 앞이었다. 아까 프란츠가 보았던 대로 가운데 창에 붉은 십자가가 그려진 흰 헝겊이 드리워져 있었고 그 창 앞에 두건 달린 옷을 입은 남자가 서 있었다. 백작은 마차에서 내리며 말했다.

"마차로 구경하시는 게 싫증나면 언제고 말씀하십시오. 제 창에 자리가 있으니까요. 그때까지는 마차와 마부와 하인 들을 마음대로 쓰십시오."

프란츠는 백작의 호의에 감사의 답례를 했다. 잠깐 마차가 멈춘 사이, 옆으로 마차가 지나갔다. 로마의 농촌 처녀들을 잔뜩 실은 마차였다. 알베르는 그 마차를 향해 꽃다발을 뿌리며 처녀들을 희롱했다. 백작이 저택으로 들어가고 반대쪽 행렬도 움직이자 아쉽게 그 마차와 헤어질 수밖에 없었다. 알베르가 탄 마차는 포폴로 광장 쪽을 향했고 그 마차는 반대 방향으로 시야에서 사라져버렸다.

알베르가 프란츠에게 말했다.

"이봐, 자네 못 봤나?"

"뭘?"

"저, 마차 말이야. 로마 시골 처녀들이 잔뜩 타고 있더군."

"그래? 난 못 봤는데."

"기막히게 예쁜 아가씨들이 타고 있던데……."

그날 알베르가 탄 마차는 두세 번 로마의 처녀들을 태운 마차와 마주쳤다.

두 마차가 두 번째 마주쳤을 때였다. 알베르가 쓰고 있던 가면이 그의 얼굴에서 떨어졌다. 우연인 것도 같았고 그가 일부러 그런 것 같기도 했다. 그와 동시에 그는 마차 안에 있던 꽃다발을 모조리 그 마차 안으로 던졌다. 그러자 그 마차에 타고 있던 여자들 중 알베르가 마음에 두었던 바로 그 여자가 한 다발의 오랑캐꽃을 알베르를 향해 던졌다. 알베르는 그것을 주워 단춧구멍에 끼웠다.

행렬에 밀려 두 마차가 헤어졌다가 다시 만났을 때, 알베르에게 오랑캐꽃을 던진 여자는 그 꽃이 알베르의 단춧구멍에 꽂혀 있는 것을 보고 손뼉을 쳤다. 그걸 보고 프란츠가 "브라보, 일이 잘 되어가는군. 난 자리를 비켜줘야겠어”라고 말했다.

“아니, 서두를 것 없어. 좀 심각한 일이 벌어지려면 내일 만나는 게 나아. 여자 쪽에서 먼저 무슨 신호가 있을걸. 그러면 나도 생각이 있으니까.”

이윽고 날이 저물고 가장 행렬의 폐회를 알리는 종이 울리자 마부는 마차를 호텔로 몰았다.

다음 날이었다. 백작은 두 사람이 며칠 동안 마음대로 마차를 쓰라고 했다. 자신은 다른 마차를 구했다는 것이었다. 둘은 마차를 타고 다시 거리로 나섰다. 거리를 두 번째 돌았을 때 여자들을 태운 마차와 마주쳤다. 그 마차에서 다시 오랑캐 꽃다발이 날아들었다. 알베르는 그 꽃다발을 단춧구멍에 끼웠다. 이윽고 다시 그 마차와 마주치자 알베르는 어제 받은 꽃을 정답게 입술에 갖다 댔다. 그러자 그 꽃을 던진 여자가 눈길로 화답했다. 알베르와 오랑캐꽃을 준 여자 사이의 희롱은 그렇게 하루 종일 이어졌다.

다음 날 프란츠는, 알베르가 무언가 입 밖에 꺼내기 어려운 부탁을 하려는 것 같은 느낌을 받았다. 프란츠가 무슨 말이든지 해보라고 하자, 알베르는 미안한 표정을 지으며, 다음 날

자기 혼자 마차를 쓸 수 있게 해달라고 부탁했다. 프란츠는 선선히 허락했다.

이튿날, 알베르는 혼자 마차를 타고 밖으로 나갔다. 그날 저녁 알베르는 거의 미친 듯이 기뻐하며 사각봉투를 들고 들어섰다. 자신이 보낸 희롱에 그녀가 답을 보낸 것이다. 프란츠가 어서 읽어보라고 하자 그가 소리 내어 읽었다.

> 화요일 저녁 7시, 폰테피치 거리 앞에서 마차에서 내리세요. 그런 후 시골 처녀 뒤를 따라오세요. 산자코모 교회 계단에 이르면 어릿광대 옷 어깨 위에 장밋빛 리본을 다세요. 그러면 저를 만날 수 있을 거예요. 꼭 약속을 지키시고 누구에게도 말하지 마세요. 우리만의 비밀이니까요.

프란츠는 환호성을 지르며 친구의 성공을 축하했다.

이윽고 약속한 날이 되었다. 사육제 마지막 날이었고 가장 요란한 날이었다. 이제까지 여러 가지 사정으로 축제에 끼어들지 않았던 사람들도 모두 이 미친 것 같은 축제에 뛰어들어,

도시 전체가 광란 그 자체가 되는 날이었다.

알베르는 어릿광대 옷을 입었다. 그는 미리 어깨 위에 장밋빛 리본을 맸다. 프란츠는 알베르와 자기를 확실하게 구분할 수 있도록 로마 농부 의상을 입었다. 광란의 축제 속에 밤이 되었다. 밤이 되자 모두들 촛불을 손에 들었다. 코르소 거리 전체가 마치 대낮처럼 밝아졌다. 알베르는 자주 시계를 꺼내 시간을 확인했다. 이윽고 7시가 되었다.

마차가 폰테비치 거리 앞에 이르자 알베르는 촛불을 든 채 마차에서 뛰어내렸다. 그가 입은 어릿광대 옷 어깨에는 장밋빛 리본이 달려 있었다. 그는 산자코모 사원 쪽으로 걸음을 옮겼다. 알베르가 층계에 발을 올려놓자 눈에 익은 옷을 입은 여자가 나타나서 그의 촛불을 받아들더니 팔짱을 꼈다.

프란츠는 잠시 그들을 뒤쫓았으나 곧 군중 속에서 잃어버리고 말았다. 프란츠가 미첼로 거리에 이르자 갑자기 종소리가 울렸다. 사육제가 끝났음을 알리는 종소리였다. 그러자 마치 마술이라도 부린 듯 모든 촛불이 다 꺼졌다. 사방이 온통 짙은 암흑에 빠져들었다. 동시에 모든 소리가 일제히 뚝 그쳤다. 가면 쓴 사람들을 집으로 데려가는 마차 소리 외에는 아무

소리도 들리지 않았다. 그렇게 사육제는 끝났다.

프란츠는 호텔로 돌아왔다. 알베르가 일찍 돌아올 수 없을 것 같아 그는 혼자 식사를 했다. 알베르는 11시가 될 때까지도 돌아오지 않았다. 프란츠는 브라치아노 공작 댁에서 밤을 보내겠다고 주인에게 말한 후 호텔을 나섰다. 브라치아노 공작의 저택은 로마에서도 가장 화려한 저택의 하나였다. 저택에 모인 사람들은 알베르 없이 프란츠 혼자 들어서는 것을 보고 의아해 하며 그가 어디 갔느냐고 물었다.

프란츠가 대답했다.

"저녁 7시경 이름 모를 여자를 따라가더니 아직 소식이 없습니다."

그때였다. 공작의 하인이 안으로 들어오더니 프란츠에게 말했다.

"각하, 런던 호텔에서 전갈이 왔습니다. 누군가 모르세르 자작의 편지를 가지고 와서 호텔에서 각하를 기다리고 있답니다."

"자작의 편지?" 프란츠가 놀라서 소리쳤다. 그는 서둘러 호텔로 향했다. 마차는 2시에 오라고 하고 돌려보냈기에 걸어서

갈 수밖에 없었다. 그가 호텔근처에 왔을 때였다. 길 한복판에 서 있던 웬 남자가 프란츠의 모습을 보고 다가와서 말했다.

"각하, 파스트리니 호텔에 묵고 계시는 프란츠 남작님이신 가요?"

"맞아. 자네가 편지를 가져왔나? 어서 이리 주게. 내 읽어보 고 답장을 줄 테니 여기서 기다리게."

프란츠는 편지를 받아들고 호텔로 들어갔다. 그는 방에 들 어가 촛불을 밝히고 편지를 읽었다.

이보게, 이 편지를 받은 즉시 내 서류 가방에서 신용장 을 꺼내주게. 가방은 서랍에 있다네. 그 신용장 금액만 으로 부족하다면 자네 것도 좀 보태주게. 그 신용장으로 곧바로 4,000피아스트로의 현금을 마련해서 이 편지를 갖고 간 사람에게 전달해주게. 토를로니아에게 가면 그 신용장을 받고 돈을 줄 거야. 한시라도 빨리 돈을 마련 해야 한다네.

더 이상 자세한 이야기는 않겠네. 자네가 나를 믿는 만 큼 나도 자네를 믿고 있다네.

추신: 로마에 산적이 있다는 이야기 함께 들은 적 있지?
이제 그 말을 믿게 되었다네.

친구 알베르 모르세르

알베르의 글 밑에는 다른 필적으로 아래와 같은 내용이 적
혀 있었다. 이탈리아어였다.

아침 7시까지 내 손에 4,000피아스트로가 들어오지 않
으면, 알베르 드 모르세르 자작은 이미 이 세상 사람이
아닐 것임을 알린다.

루이지 밤파

이 편지를 보고 프란츠는 즉시 모든 것을 알 수 있었다. 그
토록 산적의 존재를 믿지 않던 알베르가 바로 그 산적의 손아
귀에 걸려든 것이었다. 우물쭈물할 때가 아니었다. 그는 책상
으로 달려가 서랍을 열었다. 알베르의 서류 가방이 나오자 그
는 신용장을 꺼냈다. 6,000피아스트로짜리 신용장이었지만
알베르가 이미 3,000피아스트로는 써버린 뒤였다. 게다가 자

신에게는 어음이나 신용장 같은 것은 없었다. 그는 원래 피렌체에 살고 있었으며 로마에는 1주일 정도만 있을 예정이었기에 100루이만 가지고 온 것이었다. 그것도 다 쓰고 절반만 남은 상태였다.

순간 그에게 몽테크리스토 백작이 생각났다. 그는 주인을 불러 백작을 좀 볼 수 있느냐고 말했다. 주인은 프란츠가 시키는 대로 했다. 그는 5분후 돌아와 백작이 프란츠를 기다린다는 말을 전했다.

프란츠는 백작을 보자마자 편지를 건네주었다.

백작이 그에게 물었다.

"돈은 가지고 계신가요?"

"800피아스트로 정도가 부족합니다."

그러자 백작이 책상으로 가 서랍을 열었다. 서랍 안에는 금화가 그득 들어 있었다.

"자, 마음대로 가져가십시오."

그러자 프란츠가 말했다.

"그런데, 이 돈을 꼭 갖고 가야 할까요?"

"아니, 추신을 보고도 그런 소릴 하시나요?"

“제 생각에는 백작님 힘으로도 간단히 처리하실 수 있을 것 같은데요.”

백작이 깜짝 놀라며 물었다.

“어떻게요?”

“저와 함께 루이지 밤파를 찾아가 주신다면 말입니다. 그는 알베르를 풀어주지 않을까요? 백작께서 페피노의 목숨을 구해주셨으니 말입니다.”

“아니, 누가 그런 소릴 하던가요?”

“그거야 어떻든 제가 그 사실을 알고 있습니다.”

백작은 잠시 미간을 찌푸린 채 입을 다물고 있다가 말했다.

“좋습니다. 함께 갑시다. 돈도 무기도 다 필요 없습니다. 이 편지를 가져온 사람은 어디 있지요?”

“아직 큰길에 있습니다.”

그러자 백작이 창가로 가서 휘파람을 불었다. 그랬더니 망토를 걸친 심부름꾼이 벽에 붙어 있다가 길 복판으로 나섰다. 백작이 올라오라고 말하자 사나이는 서둘러 호텔 안으로 들어섰다. 그 사나이는 방에 들어서자마자 백작 앞에 무릎을 꿇더니 백작의 손을 잡고 수없이 입을 맞추었다.

"아니, 페피노, 너였구나. 자, 이야기해봐라. 어떻게 된 일이냐? 알베르 자작이 어떻게 해서 루이지 손에 걸려든 거냐?"

"각하, 그 프랑스 분이 테레사가 탄 마차와 자주 마주치면서 눈길을 맞추었습니다."

"테레사? 루이지의 여자?"

"네, 그렇습니다. 그 프랑스 분이 테레사에게 반한 것 같기에 테레사가 꽃다발을 던지며 장난삼아 응대를 한 겁니다. 짐작하시겠지만 그 마차에 타고 있던 두목의 승낙을 받고 한 일입니다. 두목이 마부 복장을 하고 마차를 직접 몰았거든요."

"모두 루이지의 계략이었군. 그래, 지금 어디 있나?"

"지금 산세바스티아노 지하 묘지에 있습니다."

"좋아, 지금 당장 가보기로 하지."

백작이 초인종을 울리자 하인이 나타났다.

"자, 마차를 준비해라."

12시 반이었다. 프란츠와 백작은 밖으로 나섰다. 페피노가 그들 뒤를 따랐다. 밖으로 나오니 마차가 기다리고 있었다. 마부석에는 흑인 알리가 앉아 있었다. 2인석 마차였다. 페피노는 알리 옆에 앉았고 이윽고 마차가 출발했다.

마차는 산세바스티아노 문을 통과해 성 밖으로 나왔다. 양쪽 길에는 무덤들이 죽 늘어서 있었다. 달빛에 그늘에 서 있는 보초의 모습이 보였다. 페피노가 뭐라고 말하자 보초가 자취를 감추었다. 마차는 조금 더 가서 멈추었다. 페피노가 마차 문을 열자 백작과 프란츠가 마차에서 내렸다.

10분 쯤 걷자 사람이 하나 겨우 들어갈 수 있을 정도의 지하묘지 입구가 나타났다. 빽빽한 검불 사이 바위들 틈에 나 있는 입구라서 잘 눈에 띄지도 않았다. 그들은 입구로 들어섰다. 그들이 통로를 따라 아래로 내려가자 길이 점점 넓어졌다. 그들이 한 50보쯤 내려갔을 때였다. 갑자기 "누구냐!" 하는 외침 소리가 들리면서 총신이 번쩍했다. 페피노가 앞으로 나서서 몇 마디 하자 보초는 들어가도 좋다는 신호를 했다.

그곳을 지나자 계단이 나타났다. 계단을 내려가자 다섯 갈래로 갈라진 지하묘지가 나타났다. 그들은 안으로 더 들어갔다. 그러자 네모진 방이 나타났고 방 한가운데 한 남자가 책을 읽고 있었다. 카이사르가 쓴 『갈리아 전기』였다. 그가 바로 산적 두목 루이지 밤파였다. 루이지 주변에는 대략 스무 명의 산적들이 곁에 총을 세워둔 채 여기저기 누워 있거나 앉아 있었다.

백작이 그들을 향해 다가가자 보초가 "누구야?"라고 소리쳤다. 램프 불빛에 백작의 커다란 그림자가 비췄던 것이다. 그 소리에 밤파가 벌떡 자리에서 일어나 권총을 빼들었고 산적들도 모두 일어났다. 모두 스무 개의 총구가 일제히 백작을 향하고 있었다.

"밤파, 이거, 친구를 너무 요란하게 맞는 거 아닌가?" 백작이 착 가라앉은 목소리로 조용히 말했다.

그러자 밤파가 총을 내리라고 명령한 후, 공손하게 모자를 벗으며 백작을 향하여 말했다.

"죄송합니다. 백작님, 설마 이렇게 직접 찾아주실 줄이야. 정말 죄송합니다."

"그것만 잘못한 게 아냐. 자네는 어찌하여 내 친구를 납치하여 돈을 요구한단 말인가?"

루이지 밤파는 깜짝 놀란 듯이 부하들을 돌아보며 말했다.

"아니, 그분이 백작님 친구인 걸 아무도 몰랐단 말이냐? 만일 그걸 알고 있던 놈이 있다면 내 손으로 그놈 머리를 날려버릴 테다."

그러더니 백작을 향해 아주 죄송한 표정을 지으며 말했다.

"백작님, 뭔가 잘못된 것 같습니다. 정말 죄송합니다."

그때 프란츠가 앞으로 나서며 물었다.

"그런데 내 친구는 도대체 어디 있는 거요? 도통 보이지를 않으니……. 그에게 무슨 일이 있는 건 아니겠지!"

"아, 저곳에 계십니다."

루이지는 보초 한 명이 왔다갔다 하며 지키고 있는 구석진 곳을 가리켰다. 백작과 프란츠는 밤파의 뒤를 따라 알베르가 갇혀 있는 곳으로 갔다. 두목이 빗장을 뽑고 문을 열자 시체 안치소에 갇혀 있는 알베르의 모습이 보였다. 그는 산적에게서 빌린 외투를 뒤집어쓰고 천연스레 잠을 자고 있었다.

"허허, 배짱 한번 좋군. 아침 7시면 총살당할 신세에……."

백작이 특유의 웃음을 띠며 말했다. 밤파는 태평하게 잠을 자고 있는 알베르를 감탄의 눈으로 바라보았다.

"정말 그렇네요. 과연 백작님 친구다우십니다." 밤파가 맞장구치며 말했다.

그는 알베르 곁으로 가더니 어깨를 흔들어 깨웠다. 그러자 알베르가 팔을 쭉 뻗어 눈을 비비더니 눈을 떴다.

“아, 좋은 꿈을 꾸고 있었는데⋯⋯. 도대체 이 시간에 왜 깨우는 거지?”

“각하는 이제 자유의 몸입니다.”

“내 석방금을 벌써 받았단 말인가?”

“아닙니다. 제가 무슨 분부건 절대적으로 받드는 분이 직접 오셔서 각하를 놓아달라고 하셨습니다. 바로 이분, 백작님이십니다.”

알베르는 옷매무새를 바로잡으며 쾌활한 목소리로 말했다.

“백작님, 정말 친절하십니다. 지난번에는 마차도 선선히 빌려주시더니, 이번엔 평생토록 잊지 못할 은혜를 베풀어주셨군요.”

알베르는 백작에게 손을 내밀었다. 백작도 마주 손을 내밀었다. 순간 그의 손이 약간 떨리는 것 같기도 했다.

그들은 밤파의 안내로 밖으로 나와 마차에 올랐다. 마부는 이내 호텔로 마차를 몰았다.

이튿날 알베르는 자리에서 일어나자마자 프란츠와 함께 백작을 찾아갔다.

백작을 보자 알베르가 말했다.

"백작님, 어젯밤에는 제대로 감사의 말씀도 드리지 못했습니다. 저를 구해주신 은혜를 평생 잊지 못할 것입니다. 혹시 제가 도와드릴 일이라도 있으면 제발 말씀해주십시오."

백작이 대답했다.

"별것도 아닌 일을 가지고 그렇게까지 말씀해주시다니. 고맙게 자작님 호의를 받아들이지요. 실은 전부터 자작님 힘을 빌릴 일이 하나 있었습니다."

"그래요? 어서 말씀해보십시오."

"저는 아직 파리에 가본 적이 없습니다. 그래서 파리를 도통 모르고 있습니다."

"아니, 그게 정말입니까? 백작님께서 아직 파리에 가보신 적이 없다니 믿어지지 않습니다."

"사실입니다. 그 문명의 도시에 한번 꼭 가보고 싶은데 불행히도 파리에는 아는 사람이 하나도 없습니다. 파리 사교계에 저를 소개해줄 분이 없어서 아직 못 가본 것입니다. 어떻습니까? 알베르 씨, 제가 파리에 가면 파리 사교계 문을 제게 열어주실 수 있는지요?"

“당연하지요. 백작께서 파리에 오시게 되면 저뿐 아니라 제 가족들 모두 백작님을 위해 무슨 일이든 하겠습니다.”

“그렇다면 알베르 씨는 언제 파리에 돌아가시지요?”

“3주일 안에는 그곳에 있을 것입니다. 실은 파리에서 온 편지를 하나 받았는데 제 혼담이 오가고 있는 모양입니다. 그래서 빨리 돌아가야 합니다.”

백작이 조금 생각에 잠겨 있다가 말했다.

“그럼 석 달 후에 제가 파리에 가겠습니다. 좀 여유 있게 시간을 드려야지요.”

알베르가 즉시 대답했다.

“좋습니다. 그럼 정확히 날짜와 시간을 정하지요.”

백작이 거울 옆에 있는 달력을 손으로 가리키며 말했다.

“오늘이 2월 21일이고 지금이 10시 반입니다. 그럼 5월 21일 10시 반에 저를 기다려주시겠습니까?”

“좋습니다. 오찬 준비를 해놓고 기다리겠습니다. 주소는 엘데가, 27번지입니다.”

백작은 수첩을 꺼내더니 ‘엘데가 27번지. 5월 21일 10시 반’이라고 적어 넣었다. 그러더니 프란츠에게 물었다.

"남작께서도 파리로 함께 떠나시나요?"

프란츠가 대답했다.

"아닙니다. 저는 베네치아로 갈 겁니다. 저는 한두 해 더 이탈리아에 머물 예정입니다."

백작은 둘에게 인사를 하고 밖으로 나갔다.

백작이 나가자 프란츠는 걱정스러운 얼굴을 하고 있었다. 그의 모습을 본 알베르가 물었다.

"왜 그래? 무슨 걱정이 있는 것 같은데."

"솔직히 말해주겠네. 백작이 아무래도 좀 수상한 사람 같아서. 자네가 파리에서 그와 만나기로 한 게 왠지 불안해."

"아니. 프란츠! 자네 어디가 좀 이상한가? 백작과 약속한 게 불안하다니!"

"글쎄 내가 돌았는지 안 돌았는지는 모르겠지만 백작이 이상한 사람인 건 사실이야."

프란츠는 그동안 마음속에 간직하고 있던 이야기를 알베르에게 해주었다. 몽테크리스토섬으로 사냥을 갔다가 겪은 일, 로마에서 백작과 밤파 사이에서 주고받던 이야기, 어젯밤에 백작을 찾아갔던 이야기들을 모두 자세히 들려주었다. 그 이야기를 듣고 알베르가 말했다.

"자네, 좀 신경이 예민해졌군. 백작은 워낙 여행을 좋아하고 돈이 많아. 그러니 그 섬에 별장 겸 임시 거처를 마련해놓은 거지, 뭐."

"하지만 코르시카 산적들하고 가깝게 지내는 건 뭐지?"

"그것도 이상할 거 없어. 말이 산적이지 코르시카 산적들은 그냥 마을 사람이나 다를 바 없어. 어쩌다 마을에서 도망쳐 나온 사람들일 뿐이야. 자네는 여기 산적들하고도 그 양반이 친한 걸 또 문제 삼겠지? 하지만 그 덕분에 내가 목숨을 건진 것 아닌가? 그걸 트집 잡을 수는 없어. 그 사람이 직접 와서 나를 구해주었다는 것, 그것만으로 충분해. 이제야 자네에게 고백하겠네. 산적들 틈에서 내가 태연한 것처럼 보였지? 사실 겉으로만 그런 척한 거야. 속으로는 잔뜩 겁에 질려 있었다고. 게다가 그 양반이 부탁한 게 뭐 그리 어려운 일인가? 파리 사교계에 소개해달라는 정도 아닌가? 내가 그걸 거절할 이유가 어디 있나? 그런 말을 하는 자네가 정말 이상하게 보이네."

프란츠로서도 더 이상 할 말이 없었다. 하지만 백작이 이상한 인물이라는 생각은 그의 머리를 떠나지 않았다.

이튿날 오후, 알베르 드 모르세르는 파리로 돌아가기 위해, 프란츠 데피네는 베네치아로 가기 위해 각기 마차에 올라 헤어졌다. 알베르는 마차에 오르기 전에 백작에게 건네주라며 자신의 명함을 호텔 보이에게 주었다. 백작에게 약속을 정확히 상기시키기 위해서였다. '알베르 드 모르세르'라는 이름이 적힌 명함 아래쪽에는 연필로 이렇게 적혀 있었다.

5월 21일 오전 10시 반
엘데가, 27번지

파리에 가다

5월 21일 오전, 엘데가 27번지 알베르의 집, 알베르는 백작을 맞을 준비를 하고 있었다.

알베르 드 모르세르는 넓은 안뜰 한쪽에 있는 별관에 살고 있었다. 그의 거처는 안뜰과 뒤뜰 사이에 있는 모르세르 백작 부부의 건물과는 따로 떨어져 있었다. 아들에게 자유를 주기 위한 어머니의 배려에 의해서였다.

알베르는 예복을 차려입고 아래층의 작은 살롱에 있었다. 10시 15분 전이 되자 하인 제르맹이 신문 뭉치를 들고 와서 테이블 위에 놓은 후 알베르에게 물었다.

"식사는 몇 시에 준비할까요?"

"10시 반에 먹을 수 있게 해줘. 백작과 약속한 시간이니까. 그런데 어머니는 일어나셨나? 어머니께 3시쯤 손님 한 분을 모시고 갈 거라고 전해줘. 어머니께 소개를 해드려야 해."

하인이 나가자 그는 신문을 뒤적였다. 바로 그때 마차 한 대가 문 앞에 와서 섰다. 얼마 후 하인이 들어와서 뤼시앵 드브레 씨가 왔다고 전했다. 그가 들어서자 알베르가 반갑게 맞았다. 드브레는 금발에 키 큰 청년이었다.

둘이 이런저런 잡담을 하고 있는 사이 이번에는 보샹이라는 청년이 도착했다. 그는 「앵파르시알」이라는 신문의 편집장이었다. 그를 보자 알베르가 말했다.

"이제 두 사람만 더 도착하면 오찬을 시작할 수 있을 걸세."

그러자 보샹이 말했다.

"두 명을 더 기다린다고? 누굴 기다리는 건데?"

"귀족 한 명과 외교관 한 명을 기다리고 있어. 그 사람들 기다리는 동안 비스킷이나 좀 들고 있게."

그러자 보샹이 말했다.

"알베르 자네, 외제니 당글라르 양과 결혼할 거라며? 지참금 200만 프랑 때문에 결혼할 셈인가? 왕이 당글라르 씨를 남작으로는 만들어주었지만 신사로 만들어주지는 못할걸.”

그러자 드브레가 말했다.

“저런 이야기 귀담아들을 것 없어. 그냥 결혼해버리는 거야. 어차피 돈이라는 꼬리표와 결혼하는 건 마찬가지 아닌가? 아무러면 어때?”

그들이 그런 잡담을 하고 있을 때 하인이 들어와서 “샤토 르노 씨와 막시밀리앙 모렐 씨가 오셨습니다”라고 손님 두 명이 더 온 것을 알렸다.

그러자 보샹이 말했다.

“이제 식사를 시작해야겠군. 두 명이 더 올 거라고 하지 않았나?”

그런데 알베르가 고개를 갸우뚱하며 말했다.

“모렐? 모렐이라니, 도대체 누구지?”

그러자 샤토 르노가 방 안으로 들어오더니 알베르의 손을 잡으며 말했다. 신사 차림의 그는 서른 살가량의 용모가 뛰어난 청년이었다.

“내가 자네들에게 소개해주고 싶은 사람이 있어 함께 왔네. 알제리 기병대의 막시밀리앙 모렐 대위라네. 내 생명의 은인이지. 자, 얼마나 훌륭한 분인지는 자네들이 직접 보게."

그 말을 하면서 르노가 청년을 친구들에게 소개했다. 탁 트인 이마에 꿰뚫는 듯한 눈을 하고 있는 청년이었다. 독자 여러분은 이미 그가 누구인지 기억해냈을 것이다. 마르세유 모렐 상사의 주인, 모렐 씨의 아들이 이 자리에 나타난 것이다.

샤토 르노가 막시밀리앙 모렐을 소개하자 알베르가 쾌활하게 말했다.

"대위님을 알게 되어 무척 기쁩니다. 대위께서 남작의 친구라니 저와도 친구가 되실 수 있겠군요."

알베르는 이번에는 르노 남작을 향해 말했다.

"아까 생명의 은인이라고 했지? 난 그 사연이 무척 궁금한데, 이야기 좀 해주지 않겠나?"

"내가 아프리카에 가려고 했던 건 다 알고 있겠지? 난 모험을 좋아하지. 그래서 아라비아로 갔던 거야. 그런데 내가 도착했을 때는 군대가 퇴각하려던 때였어. 나도 도착하자마자 함께 퇴각할 수밖에 없었지. 눈비 맞으며 정말 고생이 많았어. 그런데 덜컥 말이 죽어버린 거야. 그러니 걸어서 후퇴할 수밖에 없었지. 그때 아라비아인 여섯 놈이 말을 타고 내게 달려든 거야. 총으로 어떻게 네 놈은 처치했지만 두 놈에게 무기를 빼앗기고 사로잡히고 말았다네. 차가운 아라비아 칼날을 내 목에 갖다 대더군. 정말 섬뜩했어. 바로 그 순간 대위께서 놈들에게 달려들어 단번에 해치우고 나를 구해주신 거야. 그런데 거기엔 사연이 있다네. 대위께선 그날 사람 한 명을 구해주려고 마음먹고 있었는데 그게 바로 내가 된 거야.”

“그렇습니다. 그날이 바로 9월 5일이었습니다. 제 아버지가 기적적으로 구원을 받으신 날이지요. 저는 그날을 기념하기 위해 그날이면 꼭 그 누군가를 위해 무슨 일이라도 한 가지 하기로 작정하고 있습니다.”

그러자 알베르가 말했다.

“그래, 실은 나도 생명의 은인을 기다리는 중인데…….”

알베르의 말에 모두 어떤 일이 있었는지 이야기해보라고 했다. 알베르는 사육제 기간에 로마에서 겪은 일을 대충 이야기해주었다. 친구들은 산적이니, 인질이니, 몽테크리스토 백작이니 믿을 수 없다는 표정이었다. 심지어 알베르가 악몽을 꾸고는 현실로 착각하고 있다고 놀려대기까지 했다.

벽시계가 10시 반을 치기 시작했다. 그 소리가 미처 끝나기도 전에 제르맹이 들어와서 알렸다.

"몽테크리스토 백작께서 오셨습니다."

그 소리에 모두들 깜짝 놀랐다. 알베르의 이야기를 들으며 그들은 자신도 모르게 무언가 불안한 기분에 젖어 있었던 것이다. 알베르는 무언가 감동적인 것이 속에서 끓어오르는 것을 느꼈다.

얼마 후 조용히 문이 열리더니 백작이 들어섰다. 아주 검소해 보이면서도 우아하기 짝이 없는 옷차림이었다. 그는 미소를 띤 채, 자신에게 손을 내미는 알베르에게 곧장 걸어갔다.

"어느 왕인가가 아들에게 한 말이 있지요. '정확성은 왕자의 예의니라.' 하지만 먼 길을 달려야 하는 여행객은 그 예의를 정확히 지키기가 어려운 모양입니다. 2~3초 늦어진 것을 사과드립니다."

"백작님, 잘 오셨습니다. 백작님을 기다리며 백작님께 꼭 소개해드리고 싶은 친구들을 몇 명 불렀습니다. 소개해드리겠습니다. 이 사람은 원탁의 기사의 후손인 샤토 르노 남작, 이쪽은 내무대신 비서관 뤼시앵 드브레 씨, 이 사람은 신랄한 언론인으로서 프랑스 정부도 겁을 내고 있는 보샹 씨, 그리고 이분은 알제리 기병대의 막시밀리앙 모렐 대위입니다."

모렐이라는 이름을 듣자 지금까지 침착하기 그지없던 백작이 자신도 모르게 몸을 움찔했다. 그리고 그의 창백한 뺨 위에 잠시 붉은빛이 도는 것 같기도 했다. 그러나 그는 곧 평온을 되찾았다.

소개가 끝나자마자 하인이 들어와 식사가 준비되었다고 말했다. 모두 식당으로 건너가 각기 제자리에 앉았다. 식탁에 앉으면서 백작이 말했다.

"여러분, 제가 여러분들께 실례되는 행동을 할 것 같아 미리 말씀을 드리겠습니다. 아시다시피 저는 외국인입니다. 게다가 파리에는 생전 처음 와보는 시골 촌놈이지요. 전 이제까지 파리의 훌륭한 전통과는 전혀 다른 동방의 생활에 익숙해 있었던 사람입니다. 그러니 제 태도에 혹시 터키풍이라든가, 나폴리풍, 또는 아라비아풍 같은 게 보이더라도 너그러이 용서해 주시기 바랍니다."

그의 정중한 인사를 듣고 모두들 그가 대귀족임에 틀림없다고 수군거렸다.

그들은 식사를 하면서 이런저런 이야기를 했다. 어느 정도 흥이 오르자 알베르가 백작에게 말했다. 그가 그동안 정말 궁금해하던 것을 드디어 백작에게 물은 것이다.

"백작님, 백작님께서 저를 구해주신 것, 정말로 감사드리고 있다는 것은 아시지요? 하지만 제게 정말 궁금한 게 한 가지 있습니다. 그 누구도 존경할 것 같지 않은 로마의 산적이 어떻게 백작님을 존경하게 된 거지요? 프란츠도 정말 궁금해하더군요."

그러자 백작이 웃음을 띠며 말했다.

"아, 그렇게 복잡한 사연은 없습니다. 저는 그 유명한 밤파 소년을 10여 년 전부터 알고 있었지요. 그 친구가 어렸을 때 무슨 일로 제가 금화 한두 닢 선심을 쓴 일이 있었지요. 그런데 어린 나이인데도 그 돈을 그냥 받을 수 없다는 겁니다. 그러고는 제게 자신이 조각한 단도를 하나 주더군요. 그날로 그와 나는 우정으로 맺어졌습니다.

그런데 그가 산적이 된 후 부하들과 함께 저를 잡아가려고 하는 일이 벌어졌습니다. 아마 어릴 때 보고 못 봤으니 제 얼굴을 잊었던 거겠지요. 그런데 운이 좋았는지, 제가 그 친구와 부하들을 모두 붙잡게 되었습니다. 물론 저를 도와준 제 친구들도 있었지요. 그들을 경찰에 넘겼다면 아마 곧장 목숨을 잃었을 겁니다. 로마 경찰은 재빠르게 범인을 처리하는 걸로 유명하지요. 하지만 저는 그 친구들을 모두 놓아주었습니다.

딱 한 가지 조건을 내세웠지요. 저를 비롯해서 저와 알고 지내는 사람에게는 절대로 손을 대서는 안 된다는 조건이 바로 그것입니다. 저는 박애주의자나 인도주의자가 아닙니다. 내 동포나 내 사회에 대한 애정은 없습니다. 오로지 내 주변의 사람들만 아낄 뿐입니다.”

그러자 모렐이 말했다.

“백작께선 스스로 이기주의자인 척하시네요. 하지만 전혀 알지도 못하는 모르세르 씨를 구해주시지 않았던가요? 스스로 그 원칙을 어기신 것 아닌가요?”

그러자 알베르가 맞장구쳤다.

“백작, 백작께서는 스스로 자신이 박애주의자임을 드러내신 셈입니다. 백작님은, 자신의 결점은 짐짓 더 겉으로 드러내 보이시고 자신의 미덕은 감추려 하시니, 그게 바로 백작이 훌륭한 덕목을 지녔음을 증명하는 게 아닌가요?”

그러자 몽테크리스토 백작이 말했다.

"모르세르 자작은 절대로 제가 모르는 분이 아니었습니다. 이미 제가 빌렸던 방을 두 개나 내준 일이 있었고 게다가 오찬에 초대한 적도 있었습니다. 마차도 빌려드렸었고 가장 행렬도 함께 구경했지요. 그뿐 아니지요. 포폴로 광장에서 처형 장면도 함께 구경했습니다. 그런데 어찌 우리가 모르는 사이라고 할 수 있겠습니까? 그런 분이 위험에 빠졌는데 모른 척할 수 있겠습니까? 게다가 제게도 속셈이 있었습니다. 저는 파리에 언젠가 꼭 오고 싶었습니다. 자작에게 도움을 주면 자작의 힘을 이용해 파리 사교계에 발을 들여놓을 수 있다는 계산이 있었던 거지요. 그런 행동은 절대로 박애주의자의 행동이 아니지요."

이번에는 알베르가 화제를 바꾸었다.

"파리는 너무 낭만이 없는 산문적인 도시이고 문명화된 도시라서 백작께서 이제까지 익숙하시던 환경과 너무 다를까봐 걱정입니다. 암튼 제가 사방에 백작님을 소개해드리겠습니다. 그리고 제가 힘이 되어드릴 수 있는 것이 딱 한 가지 더 있습니다. 백작님이 기거하실 편안한 집을 봐드리는 겁니다. 자,

어디 다들 머리를 짜내서 의견을 말해봐. 우리의 귀하신 손님을 어디로 모셔야 할지.”

그러자 알베르의 친구들이 각자 자신들의 의견을 말했다. 그러나 모렐은 아무 말도 없었다. 샤토 르노가 모렐에게 의견을 묻자 그가 말했다.

“여러분들이 좋은 의견을 내주셔서 저는 가만있었지요. 굳이 제 의견을 물으신다면 저는 마레가에 있는 아담한 퐁파두르 호텔 같은 곳을 권하고 싶었습니다. 제 누이가 1년 전부터 그곳에 묵고 있습니다.”

모렐의 입에서 누이 이야기가 나오자 몽테크리스토 백작이 물었다.

“여자 형제분이 계십니까?”

“네, 아주 좋은 아이입니다.”

“결혼은 했나요?”

“네, 벌써 9년이나 되었네요.”

“행복하시냐고 물어도 실례가 되지 않을는지요?”

“사람으로서 누릴 수 있는 건 다 누리고 있지요. 회사가 위기에 빠졌을 때도 한결같이 저희 곁에 남아 있던 사람과 결혼

했습니다. 엠마뉘엘 에보르라는 사내이지요.”

몽테크리스토 백작은 눈에 뜨일락 말락 미소를 지은 후 말했다.

“여러분, 모두 감사합니다. 여러분들 권고를 모두 받아들이고 싶군요. 하지만 저는 벌써 제 거처를 정해놓았습니다. 제 하인이 이미 제 집을 사놓았습니다.”

그는 주머니를 뒤져 쪽지를 꺼냈다.

“여기 주소가 있던데요. 아, 샹젤리제, 30번지군요.”

그 소리에 모두들 깜짝 놀랐다.

“정말 굉장합니다!”라고 보샹이 외친 후 백작에게 말했다.

“그렇다면 저는 신문기자로서 사소한 도움이나 드리도록 하겠습니다. 파리에 있는 좋은 극장들을 제가 안내해드리겠습니다.”

그러자 백작이 웃으며 대답했다.

“정말 감사합니다. 하지만 극장마다 특별석을 미리 잡아놓으라고 이미 제 집사에게 지시해놓았습니다.”

“집을 사놓은 하인이 그 일도 했나요?” 드브레가 물었다.

“아닙니다. 집을 산 건 누비아 출신 알리이고요 극장 예약

한 집사는 당신네 나라 사람입니다. 코르시카 사람을 같은 나라 사람으로 생각하신다면 말이지요. 모르세르 자작은 한번 보신 일이 있을 겁니다."

"아, 로마에서 창문을 빌렸던 베르투치오!"

"맞습니다. 저희 집에서 오찬을 드실 때도 보신 적이 있으시지요? 아주 유능한 친구입니다. 군대에도 좀 있었고 밀수도 좀 했지요. 암튼 사람이 할 수 있는 일이라면 뭐든 조금씩 다 해본 친구라고 보면 됩니다. 뭔가 사소한 잘못으로 형무소 밥도 좀 먹었던 친구이지요."

"그러니까 백작께선 모든 것이 다 갖추어진 집을 가지고 계신 셈이네요. 샹젤리제 거리의 호화저택에 유능한 하인이라……. 이제 여자 하나만 있으면 완벽하시겠네요." 샤토 르노의 말이었다.

그러자 몽테크리스토 백작이 말했다.

"실은 아주 좋은 여자가 제게 있지요. 지금 말씀하신 그런 여자보다 더 좋은 여자입니다. 제게는 여자 노예가 하나 있습니다. 제가 콘스탄티노플에서 직접 산 여자입니다. 좀 비싸긴 했지만 아주 편하지요."

순간 드브레가 자리에서 일어났다.

"알베르, 벌써 2시 반이 되었군. 아쉽지만 이제 가볼 시간이 된 것 같아."

모두 자리에서 일어났고 모렐은 백작에게 주소가 적힌 명함을 건네주었다. 그들이 모두 밖으로 나가고 몽테크리스토 백작만 알베르 드 모르세르 곁에 남았다.

몽테크리스토 백작과 둘이 남게 되자 알베르는 자기 집을 백작에게 보여주었다. 아틀리에와 객실을 지나 그의 침실로 갔을 때 초상화 한 점이 백작의 눈길을 끌었다. 그 초상화를 보자 백작은 갑자기 그 앞에 우뚝 서서 그 초상화를 뚫어져라 바라보았다.

갈색의 얼굴빛에 무언가 괴로운 것 같은 눈시울 아래 타는 듯한 눈길을 감추고 있는 여인의 초상이었다. 나이는 스물대여섯쯤 되어 보였다.

여인의 복장도 특이했다. 이곳 파리와는 어울리지 않는 카탈루냐 어촌 여자의 화려한 복장을 하고 있었던 것이다. 여인의 눈길은 바다를 향하고 있었으며 쪽빛 바다와 하늘을 배경

으로 뚜렷이 드러난 여인의 옆모습은 더없이 우아하고 아름
다웠다.

방 안이 어두웠기에 망정이지 만일 그렇지 않았다면 백작
의 양쪽 뺨 뒤가 약간 창백해진 것과 그의 어깨와 가슴이 살
짝 떨린 것을 알베르가 눈치챌 수 있었을 것이다.

잠시 침묵이 흐른 후 몽테크리스토 백작이 알베르에게 말
했다.

“자작께선 굉장히 아름다운 여자를 사귀고 계시는군요.”

그러자 알베르가 말했다.

“정말 곤란한 오해를 하고 계시네요. 이 액자 속의 여자는
바로 제 어머니랍니다. 어머니가 7~8년 전에 저 복장을 하고
어느 유명한 스위스 화가에게 부탁해서 그리신 거랍니다. 아
버지가 안 계실 때 그린 거지요. 아마 아버지를 깜짝 놀라게
해주려 하셨던 것 같아요. 그런데 이상하게도 아버지가 저 그
림을 안 좋아하시더군요. 그래서 제 방에 갖다놓은 겁니다. 어
머니는 제게 오실 때 마다 꼭 저 그림을 보시곤, 그때마다 눈
물을 흘리시지요. 정말 이상하긴 합니다.”

알베르의 집을 모두 돌아보자 그가 백작에게 말했다.

"이제 제 집을 다 보셨습니다. 이제 제 아버지를 소개해드리겠습니다. 백작님이 방문하신다고 미리 말씀드렸거든요. 파리 생활 입문으로 받아들이시면 될 겁니다."

몽테크리스토 백작은 대답 대신 허리를 굽혀 인사를 했다. 그러자 알베르가 하인을 불렀다. 그는 하인에게 백작이 곧 모르세르 부부를 찾아뵐 것이라고 알리도록 했다.

알베르는 몽테크리스토 백작과 함께 모르세르 백작의 응접실로 들어갔다. 객실 쪽으로 난 방문 위에 일곱 마리 티티새가 새겨진 화려한 문장이 있었다. 몽테크리스토 백작이 문장 앞에 서서 그것을 유심히 바라보자 알베르가 말했다.

"이건 저희 집안 선조로부터 전해지는 문장입니다. 모르세르가는 프랑스계로 남프랑스의 가장 오래된 가문 중 하나라고 합니다. 어머니는 스페인계라서 은탑이 저 문장에 새겨져 있지요."

객실에는 초상화 한 점이 걸려 있었다. 모르세르 백작의 초상화였다. 몽테크리스토 백작이 초상화를 주의 깊게 살펴보고 있는데 옆문이 열리며 모르세르 백작이 나타났다.

그는 마흔에서 마흔다섯 살 정도의 남자였다. 또는 쉰이 넘은 것처럼 보이기도 했다. 그는 품위 있는 걸음걸이로 방으로 들어서더니 몽테크리스토 백작을 향해 걸어왔다. 몽테크리스토 백작은 그 자리에서 선 채로 모르세르 백작이 다가오는 것을 지켜보고 있었다. 그의 얼굴에 가벼운 경련이 이는 것을 모르세르 백작도 알베르도 눈치채지 못했다.

청년이 모르세르 백작에게 말했다.

"아버지, 몽테크리스토 백작을 소개해드리겠습니다. 이분이 바로 제가 곤경에 빠졌을 때 제게 친절을 베풀어주셨던 분입니다."

모르세르 백작은 미소를 띠고 몽테크리스토 백작에게 인사하며 말했다.

"와주셔서 반갑습니다. 저희 집 유일한 상속자를 구해주셨다니……. 그 은혜에 대해 저희 가문은 영원히 감사를 드리게 될 것입니다."

그는 몽테크리스토 백작에게 앉으라고 권한 뒤, 자기도 창 쪽을 향한 의자에 앉았다. 모르세르 백작이 다시 말했다.

"제 집사람은 화장을 하고 있으니 이제 곧 내려올 겁니다."

몽테크리스토 백작이 화답했다.

“파리에 도착하자마자 이렇게 국가에 큰 공을 세우신 분을 뵙게 되어 영광입니다. 백작께서는 더 큰 공을 세우셔서 국가의 원수가 되실 분이 아닙니까?

“과분하신 말씀을……. 게다가 저는 이미 군을 떠났습니다. 사실 직계 임금께서 왕위에 계셨으면 군에 남아 더 큰 공을 세울 기회가 있었겠지요. 그런데 7월 혁명이라는 놈이 모든 것을 다 뒤집어버렸습니다. 제가 이전에 세운 공로도 다 묻혀버린 거지요. 그래서 칼을 버리고 정계에 뛰어들었습니다. 지금은 산업에 투신하여 기술 부문 연구를 하고 있습니다.”

“정말 대단하십니다. 백작 같은 분들 덕분에 프랑스가 부강할 수 있는 것이지요. 더욱이 그토록 훌륭한 가문에서 태어나셨으면서 일개 병사로 출발하시다니, 정말 쉬운 결심이 아니지요. 그렇게 출발해서 장군이 되시고, 프랑스 귀족이 되시고 레지옹 도뇌르 2급 훈장까지 받으시다니. 게다가 인류의 미래를 위한 일을 새로 시작하시다니……. 정말로 훌륭하십니다. 아니, 그 이상입니다. 정말 숭고한 일이라고 생각합니다.”

몽테크리스토가 아버지를 칭송하는 말을 듣고 알베르는 기분이 좋았지만 실은 크게 놀랐다. 백작이 그토록 무언가에 대해 감탄하는 것을 본 적이 결코 없었기 때문이었다.

그러자 모르세르 백작이 말했다.

"암튼, 저희 프랑스에 잘 오셨습니다. 제가 저희 프랑스 의회 모습을 백작께 보여드리고 싶습니다. 오늘 원로원 의원 회의가 2시에 시작해서 지금 열리고 있습니다. 함께 가주시면 영광이겠습니다."

"감사합니다만, 다음 기회로 미루고 싶습니다. 이렇게 찾아온 김에 오늘은 백작 부인께 인사를 드리고 싶습니다."

그때 "아, 어머니가 오시네요"라고 알베르가 소리쳤다.

몽테크리스토 백작은 몸을 홱 돌렸다. 모르세르 백작이 들어온 곳과는 반대되는 곳 문 입구에 백작 부인이 서 있는 것이 보였다. 부인은 몽테크리스토 백작이 자기 쪽으로 몸을 돌리자 갑자기 얼굴빛이 창백해졌다. 부인은 조금 전부터 방에 들어서서 이탈리아 손님의 말을 듣고 있었던 것이다.

백작이 자리에서 일어나 부인에게 정중하게 인사를 보내자 부인도 말없이 답례했다.

"아니, 당신 왜 그러지?" 하고 모르세르 백작이 물었다.

알베르도 어머니에게 다가가며 "어머니, 어디 편찮으세

요?”라고 물었다.

여자는 미소를 띠며 두 사람에게 대답했다.

“아니에요. 너무나 큰 은혜를 베푼 분을 뵙는다고 생각하니 저도 모르게 마음이 떨려서 그런 거예요.”

몽테크리스토 백작이 다시 한 번 정중하게 허리를 굽혔다. 그의 얼굴빛은 부인보다 더 창백했다. 그가 호흡을 가다듬고 말했다.

“부인, 별것도 아닌 일로 두 분께서 너무 과한 치하를 해주시는군요. 사람으로서 마땅히 해야 할 도리를 했을 뿐인데요.”

다시 평온을 찾은 부인은 예의에 가득 찬 백작의 말에 가라앉은 목소리로 말했다.

“제 아들이 당신과 같은 분을 친구로 모실 수 있게 된 것이 얼마나 다행인지 모르겠습니다. 그런 기회를 허락해주신 하느님께 감사드립니다.”

그때 모르세르 백작이 자리에서 일어서며 말했다.

“여보, 나는 이제 자리를 떠야겠소. 백작께 미리 말씀드렸소, 2시부터 원로원 회의인데 지금 3시니까 가보아야겠소. 내가 연설하게 되어 있어서…….”

부인이 떨리는 목소리로 말했다.

"어서 염려 말고 가보세요. 손님 접대는 제가 잘해드리고 있을게요."

그리고 이번에는 몽테크리스토 백작에게 말했다.

"오늘 오후 저희와 함께 지내시지요."

그러자 몽테크리스토 백작이 말했다.

"저는 아직 제 거처에도 가보지 못해서 신경이 쓰이는군요. 별로 신경 쓸 일은 없겠지만 그래도 한번 둘러보긴 해야 할 것 같습니다."

"그러면 다음 기회에는 꼭 그래주시겠다고 약속해주시겠어요?"

몽테크리스토 백작은 받아들이겠다는 듯 아무 말 없이 몸을 굽혔다. 승낙하는 것 같은 태도였다.

그는 알베르에게 나중에 자기 집으로 초대하겠다며 밖으로 나갔다. 부인만 방에 남겨둔 채 알베르도 뒤따라 나갔다. 밖으로 나가보니 이미 화려한 마차가 기다리고 있었다. 그리고 마차에는 파리에서 가장 값비싸고 훌륭한 말이 매여 있었다. 백작이 마차 안으로 들어가자 마차가 출발했다. 백작은 모르세

르 부인이 서 있는 객실의 커튼이 눈에 띄지 않을 정도로 가
늘게 떨리고 있음을 놓치지 않고 지켜보았다.

당글라르와 빌포르를 만나다

이튿날 오후 2시쯤이었다. 몽테크리스토의 백작 저택 앞에 훌륭한 두 마리의 영국 말이 끄는 마차 한 대가 멈추었다. 푸른 연미복을 입은 신사가 마차에 타고 있었다. 나이가 쉰다섯쯤 되어 보였다. 그는 마부에게 몽테크리스토 백작이 집에 계신지 물어보고 오라고 말했다.

마부가 떠나자 그는 눈을 빛내며 집과 그 안에서 왔다갔다 하는 하인들을 살펴보았다. 교활한 눈빛이었다. 입술이 지나칠 정도로 얇은데다 광대뼈도 툭 튀어나온 것이 한눈에도 교활한 성품이 드러나 있었다. 거창한 머리 모양에, 셔츠에는 거대한 다이아몬드를 달고 있어 신분이 대단한 사람처럼 보였지만 천박한 얼굴은 감출 수 없었다.

얼마 후 마부가 돌아왔다.

"안 계신답니다."

"당글라르 남작이라고 분명히 전했나?"

"네, 여부가 있습니까요."

"그래? 내게서 받을 돈이 있다고 했으니 제가 나를 찾으러 나서겠지. 자, 의사당으로 가자."

마차가 떠나자 창문 블라인드를 통해 당글라르의 모습을 망원경으로 바라보고 있던 몽테크리스토 백작이 중얼거렸다.

'정말 추악한 인간. 저 생김새하고는…….'

잠시 후 그가 "베르투치오" 하고 소리쳤다. 그러자 베르투치오가 즉시 나타났다.

"부르셨습니까?"

"자네, 조금 전에 우리 집 앞에 서 있던 마차 봤지?"

"네, 보았습니다. 아주 훌륭한 말들이더군요."

"그렇지? 그게 문제야. 내가 파리에서 제일가는 말을 구하라고 하지 않았나? 그런데 어떻게 그 말들이 우리 마구간에 있지 않고 다른 마차를 끌고 있지?"

베르투치오가 대답했다.

"그 말은 파는 게 아니었습니다."

"어허, 아직도 그런 소리를 할 정도로 어리석은가? 돈을 지불할 수 있으면 모든 게 다 살 수 있는 상품인 거야."

"그건 당글라르 씨가 한 필에 만 6,000프랑씩 주고 구입한 말입니다."

"그럼 두 배를 주고 사들여. 그 사람 은행가야. 돈 되는 일은 다 하는 자야. 오늘 밤 내가 어디 좀 다녀올 일이 있는데, 어서 저 말 두 필을 내 마차에 매어놓도록 하게. 마구들은 전부 바꾸어놓고. 5시에 출발할 거야."

이윽고 5시가 되었다. 백작은 종을 세 번 울려 집사를 불렀다. 한 번은 노예 알리를, 두 번은 시종을, 세 번은 집사를 부르는 신호였다.

"말은?"

"마차에 매어놓았습니다."

"잘했어."

백작이 아래로 내려와보니 아침에 당글라르의 마차를 끌던 말들은 이미 그의 마차에 매여 있었다.

베르투치오가 백작에게 물었다.

"그런데 어디에 다녀오실 건가요?"

"쇼세당탱 가 당글라르 남작 댁이라네."

마차에 오르려던 백작이 잠깐 멈추더니 베르투치오에게 말했다.

"내가 노르망디에 땅이 좀 필요한데 사놓도록 하게. 르아브르와 불로뉴 사이면 될 거야. 그 사이에 작은 항구가 있으면 돼. 그런 곳을 찾게 되면 자네 명의로 바로 계약을 하도록 해. 배는 지금 페캉을 향하고 있겠지?"

"저희가 마르세유를 떠나는 날 밤, 바로 출항하는 것을 제가 확인했습니다."

"그리고 요트는?"

"마르티그에 그대로 있으라고 했습니다."

"좋아, 배와 요트 선장들과 수시로 연락을 취하도록 하게. 샤롱에 있는 기선도 마찬가지로 자주 연락하고. 그리고 땅을 사게 되면 북프랑스와 남프랑스 사이 가도에 10리마다 말을 대기시켜놓도록 해."

말을 마친 백작은 마차에 뛰어올랐다. 마차는 금방 은행가의 집 앞에 도착했다.

당글라르는 철도 건설에 대한 회의를 주도하고 있었다. 회의가 끝나갈 무렵, 몽테크리스토 백작이 방문했다는 전갈이 왔다. 그 말을 듣고 그는 일어서서 그곳에 있던 사람들에게 말했다. 그들 중에는 상원과 하원의 의원들도 있었다.

"저는 잠깐 실례해야겠습니다. 로마의 톰슨 앤드 프렌치 상사에서 몽테크리스토 백작이라는 사람에게 무제한 신용대출을 해도 좋다는 연락을 해왔습니다. 이런 농담 같은 이야기를 해온 거래처는 처음 봤습니다. 그래서 더 호기심이 생깁니다. 제가 한번 집을 방문해보았더니 집은 그럴듯하더군요. 암튼 한번 만나봐야겠습니다."

남작은 손님들 곁을 떠나 화려하게 장식된 응접실로 들어섰다. 방으로 들어서니 장식들을 보고 있던 백작이 몸을 돌렸다. 당글라르는 백작에게 의자를 권하고 자기도 앉았다.

"몽테크리스토 씨이십니까?"

"댁이 하원의원이시며 레지옹 도뇌르 훈장을 받은 당글라르 남작이십니까?"

몽테크리스토 백작은 일부러 당글라르의 명함에 적힌 칭호를 그대로 되뇌었다. 당글라르의 무례한 호칭에 대해 반격을 가한 것이었다. 당글라르는 뜻밖의 반격을 받고 입술을 깨물었다.

"제가 큰 실수를 했습니다. 작위를 붙이지 않고 말씀드린 것, 용서 바랍니다. 하지만 아시다시피 민주정치 시대가 된데다, 저는 민중의 대변자라서……."

"아, 이해합니다. 저는 그것도 모르고 명함에 적힌 대로 불렀으니……. 저는 남작께서 남들도 신분대로 부르는 줄로만 알았습니다."

당글라르는 또 한 대 맞았다고 생각하며 다시 입술을 깨물었다. 그는 얼른 화제를 바꾸었다.

"그런데 백작, 제가 톰슨 앤드 프렌치 상사에서 통지를 받았는데요. 제가 그 편지 내용을 잘 이해할 수가 없어서……. 가만 편지가 어디 있더라?" 당글라르는 주머니를 뒤지더니 편지를 꺼냈다.

"아, 여기 있군요. 그런데 그 내용이 잘 이해가 되지를 않아서. 이 편지대로라면 제 은행에서 백작께 무제한 대출을 해드리라고 되어 있어서요."

"말씀하신 대로입니다. 그런데 뭐가 애매하다는 거지요? 문장이나 문법이 틀렸나요? 하긴 영국계 독일인이 쓴 편지이긴 합니다만."

"아니, 그게 아니라, 장부 기록이……."

"아, 지불 보증해준 톰슨 앤드 프렌치 상사가 그렇게 믿을 만한 데가 아니라는 말씀이군요. 그렇다면 큰일이네요. 내가 그 상사에 돈을 꽤 많이 넣어두었는데……."

"아니, 그 말이 아니라, 무제한이라는 말은 금융계에서는 잘 쓰지 않는 말이라서……. 너무 막연한 말이거든요."

"아, 알겠습니다. 톰슨 앤 프렌치 상사와는 운영 스타일이 다르다는 말씀이로군요. 거긴 금액 같은 건 문제 삼지도 않는데 당글라르 씨께서는 거래에 한도를 둔다, 그런 말씀이로군요. 신중하신 분이니까, 당신 능력 밖의 돈을 빌려주는 거래는 안 하겠다 이거로군요."

"백작, 제 금고의 돈이 얼마인가 계산해본 사람은 아직 없을 겁니다."

"그러시겠지요. 어쨌든 이런 경우가 처음이라는 말이군요. 망설이시는 것을 봐서는……."

당글라르는 또 한 대 얻어맞은 셈이 되었다. 그는 상대방의 기를 꺾어야겠다고 생각했다. 그는 안락의자에 기대며 미소를 띠고 말했다.

"그렇다면 제 은행에서 대출받으실 금액을 말씀해보시지요. 아무리 큰 금액도 응할 수 있습니다. 한 100만 프랑을 원하시는 겁니까?"

그러자 백작이 말했다.

"100만 프랑이요? 그걸로 뭘 하게요? 농담은 거두시지요. 겨우 100만 프랑쯤 원하는 거라면 무엇 하러 대출을 부탁하겠습니까? 그 정도 금액은 언제나 제 지갑이나 여행용 가방에 넣고 다닙니다."

말을 마친 후 백작은 명함 수첩에서 국립은행 발행의 50만 프랑짜리 자기앞수표 두 장을 꺼냈다. 당글라르는 몸이 후들후들 떨리며 현기증이 났다. 그는 얼떨떨한 표정으로 상대방을 바라보았다.

몽테크리스토 백작이 쉬지 않고 말했다.

"망설이시는 걸 보니 톰슨 앤 프렌치 상사를 믿지 못하겠다는 거군요. 좋습니다. 다른 곳으로 가봐야지. 제게는 당신에게 보낸 것과 똑같은 편지가 두 통이 더 있으니까요. 한 통은 빈의 레슈타인 운트 에스코레스에서 로스차일드 남작에게 보낸 거고, 다른 하나는 런던의 바링 상사가 라피트 씨에게 보낸 겁니다. 그 둘 중 어디든 가면 되니까요.”

그 말 한 마디로 승부는 끝난 셈이었다. 그는 백작이 손가락 끝으로 내민 편지를 떨리는 손으로 받아들고 서명을 확인했다. 틀림없었다.

당글라르는 황급히 몸을 일으키며 말했다. 황금과 권력의 화신을 앞에 두고 그냥 앉아 있을 수 없었던 것이다.

“아이고 대단하십니다. 이 서명은 모두 수백만 프랑의 가치가 있는 것입니다. 무제한 대출을 세 군데 은행에서 받으실 수 있다니! 지금 얼마나 필요하신지 말씀해주시지요.”

“한 600만 프랑이면 어떨까요?”

“600만이라! 좋습니다.” 당글라르는 숨이 막히는 것 같은 기분을 느끼며 말했다.

“우선은 그 정도로 하고 더 필요할 경우엔 말씀드리기로 하겠습니다. 하지만 제가 프랑스에는 1년 정도 있을 예정이니 그 이상은 필요할 것 같지 않습니다. 우선 내일 정오까지

500만 프랑을 보내주십시오. 제가 집에 없으면 집사가 영수증을 전해줄 겁니다.”

“내일 아침 10시에 댁으로 보내드리지요. 그런데 금화로 드릴까요? 아니면 지폐나 은화로?”

“금화와 지폐를 반씩 보내주십시오.”

말을 마친 백작이 자리에서 일어서자 당글라르가 말했다.

“백작님은 정말 대단한 재벌이시군요. 저는 유럽의 대재벌들은 다 알고 있다고 생각하고 있었는데, 백작님을 모르고 있었다니……. 실례가 안 된다면 재산을 최근에 마련하신 것인지 여쭤보고 싶습니다.”

“아니죠, 아주 오래된 재산입니다. 하지만 가문 대대로 내려오던 보물이라 손댈 수가 없었을 뿐이지요. 그사이 이자가 이자를 낳아 재산이 여러 곱절로 불었고 유언한 분이 정한 기간이 2~3년 전에 끝난 겁니다. 그러니까 제가 그 돈을 만진 것도 불과 몇 해 안 되었습니다. 남작께서 모르시는 게 당연하지요.”

“이렇게 백작을 알게 된 게 영광인데……. 백작께서 허락해주신다면 오늘 제 처를 소개해드리고 싶습니다. 너무 서두르는 것 같지만 백작이 마치 제 식구 같다는 생각이 들어서요.”

몽테크리스토 백작이 받아들인다는 표시를 하자 당글라르가 벨을 눌렀다. 하인이 나타나자 당글라르는 마님이 계시냐고 물었다. 그러자 하인이 대답했다.

“네, 손님과 함께 계십니다.”

“손님이? 백작, 괜찮으시겠습니까?”

백작이 상관없다는 몸짓을 하자 당글라르가 말했다.

“마님이 누구와 계신가? 드브레 씨인가?”

드브레라는 이름을 듣자 백작은 속으로 웃었다. 그는 이미 당글라르 가정의 비밀을 꿰차고 있었기 때문이다. 독자들은 백작이 왜 속으로 웃었는지 궁금할 것이다. 하지만 나중에 저절로 알게 될 것이니 지금은 좀 참아주기 바란다.

하인이 당글라르의 말에 대답했다.

“네, 드브레 씨입니다.”

당글라르는 고개를 끄덕인 후 하인에게 말했다.

“마님께 몽테크리스토 백작과 곧 찾아간다고 전해라.” 그런 후 몽테크리스토 쪽을 보고 말했다.

“뤼시앵 드브레 씨는 내무대신 비서관 일을 하고 있는 사람입니다. 오래전부터 저희 집안과 친구로 지내고 있지요. 제 처는 육군 대령 드 나르곤 후작의 미망인입니다."

"아, 드브레 씨요? 전에 만난 일이 있습니다. 알베르 드 모르세르 자작 댁에서요."

그들은 그런 이야기를 나누며 당글라르의 아내 방을 향해 걸음을 옮겼다.

당글라르 부인은 나이가 서른여섯인데도 아직 눈부시게 아름다웠다. 뤼시앵 드브레는 탁자 앞에 앉아 그 무언가를 읽고 있었다. 드브레는 백작이 들어오기 전에 그녀에게 이미 그에 대한 이야기를 충분히 해주었다. 그녀는 또한 이미 알베르에게서 몽테크리스토 백작의 이야기를 들은 바 있었다. 백작에 대한 그녀의 호기심은 극에 달해 있었다. 그녀는 미소를 띠고 당글라르와 백작을 맞았다. 백작과 이미 안면이 있던 드브레도 백작에게 친숙하게 인사했다.

당글라르가 아내에게 말했다.

"여보, 몽테크리스토 백작이시오. 파리에 1년 머물 예정으로 오셨는데 그사이 600만 프랑을 쓰실 예정이라오. 백작이 앞으로 매일 밤 무도회나 만찬회를 열어주실 것 같소.”

이어서 그는 백작을 보고 말했다.

“백작, 제 집에서도 조촐하나마 연회가 있기만 하면 백작을 반드시 초대하겠습니다. 그러니 백작이 연회를 열 때마다 우리를 잊지 말아주시기 바랍니다.”

당글라르 부인은 흥미로운 눈빛으로 백작을 바라보았다. 당글라르 부인과 백작은 몇 마디 인사말을 주고받았다.

그때였다. 당글라르 부인의 시녀가 들어와 부인에게 무언가 귓속말을 했다. 그러자 당글라르 부인의 안색이 변하더니 “설마, 그럴 리가!”라고 낮게 소리쳤다. 시녀가 정말이라고 대답하자 부인은 남편을 보고 말했다.

“아니, 당신, 그게 정말이에요?”

“뭐가?”

“마부가 마구간으로 가보니 내 말 두 마리가 없더래요. 그 점박이 말들 말이에요. 도대체 어떻게 된 거예요? 내일 내 마차를 빌포르 부인이 보아로 갈 때 빌려주기로 약속했단 말이에요. 그런데 갑자기 그 말들이 없어지다니, 이런 치사한 인간! 몇천 프랑 벌려고 팔아버린 게 분명해. 그저 투기에만 눈이 벌게진 인간!"

그러자 당글라르가 말했다.

"여보, 그 말들은 당신이 타기에는 너무 기운이 넘쳐. 이제 겨우 네 살이잖아. 당신이 그 말들이 모는 마차를 탈 때마다 불안하더라고. 내가 비슷한 말을 구해볼게. 더 좋은 말이 있으면 그걸 사지."

이어서 당글라르는 백작을 보고 말했다.

"정말 백작에게 권하면 딱 좋은 말들인데……. 백작을 좀 더 일찍 알았더라면……. 우리 집 사람보다는 젊은이들에게나 어울릴 수 있는 말들이라 빨리 치워버리고 싶어 아주 거저 넘긴 셈입니다."

그러자 백작이 말했다.

"그러게 말입니다. 좀 아쉽게 되었네요. 드브레 씨, 말에 대해서 잘 아시지요? 제 말들을 좀 봐주시겠습니까? 오늘 아침 집사에게 말해서 좋은 값에 좋은 말을 샀거든요."

드브레가 창가로 가는 동안 당글라르는 아내 곁으로 가서 속삭였다.

"여보, 진정하라고. 어떤 미친놈인지 몰라도 오늘 턱없이 비싼 값에 내 말을 사갔단 말이오. 그 덕분에 만 6,000프랑이나 벌었으니 그 얼굴 좀 펴라고.”

하지만 당글라르 부인은 무서운 눈으로 남편을 노려볼 뿐이었다.

그때였다. 드브레가 소리를 질렀다.

“아니, 이럴 수가! 부인, 백작 마차에 부인의 말이! 부인, 저건 틀림없이 부인 말이에요.”

부인이 창가로 달려가 밖을 내다보았다.

“맙소사! 정말 제 말이네요.”

당글라르는 당황할 수밖에 없었다. 당글라르 부인의 얼굴은 일그러질 대로 일그러져 있었다. 드브레와 백작은 다가올 부부싸움을 예견하며 은근슬쩍 자리에서 물러났다. 백작은 인사를 하는 둥 마는 둥 마차를 타고 집으로 돌아왔다.

그로부터 두 시간 정도 지났을 때다. 당글라르 부인은 몽테크리스토 백작이 보낸 편지를 읽고 있었다. 아주 다정한 내용이었다. 파리 사교계에 첫발을 딛자마자 부인의 마음을 상하게 해서 죄송하다는 것, 사죄의 뜻으로 말을 돌려드릴 테니 받아달라는 내용이었다. 물론 말도 함께 보냈다. 부인이 말에 다가가 보니 말 귀에 장식된 장미꽃마다 다이아몬드가 하나씩 박혀 있었다.

비슷한 시각, 당글라르 역시 백작으로부터 편지를 받았다. 백만장자인 척하는 것을 용서해달라, 여기 방식이 아니라 동양식으로 말을 돌려보낸 것도 너그럽게 봐달라는 내용이었다.

그날 밤, 백작은 알리를 데리고 오퇴유로 갔다. 그는 그곳에도 별장을 하나 사두었다. 다 이유가 있었다. 그 이유가 무엇인지, 그 집이 누구 소유였는지, 미안하지만 독자 여러분은 나중에 알게 될 것이다.

이튿날 새벽 3시경, 백작이 초인종으로 알리를 불렀다.

"알리, 너 올가미를 던지는 재주가 있다고 했지? 호랑이도 잡을 수 있나?"

알리가 고개를 끄덕였다.

"그럼 아무리 사납게 달리는 말이라도 잡을 수 있겠군."

알리는 빙그레 웃었다.

"자, 들어봐라. 조금 있으면 마차가 한 대 저 거리로 지나갈 거야. 어제 내가 샀던 말들이 끄는 마차야. 무슨 수를 써서라도 그 마차를 우리 집 문 앞에서 멈출 수 있게 하도록.”

알리는 거리로 내려가 집과 거리 모퉁이 사이 돌 위에 앉더니 파이프를 피워 물었다.

5시쯤 되자 마차 바퀴 굴러가는 소리가 들리는가 싶더니 어느새 가까이서 벼락같은 소리가 났다. 그리고 무시무시한 소리와 함께 마차 한 대가 나타났다. 마차들이 미친 듯 날뛰고 있었고 마부는 속수무책이었다. 마차 안에는 예닐곱 된 사내아이를 꼭 껴안은 부인이 한 명 타고 있었다. 그녀는 너무나 무서워 거의 정신을 잃다시피 하고 있었다. 마차 바퀴 사이에 돌 하나만 끼어도 마차는 산산조각이 날 형편이었다.

알리는 파이프를 돌 위에 내려놓더니 주머니에서 밧줄을 꺼내 말을 향해 던졌다. 밧줄은 정확히 왼쪽 말의 앞다리를 휘감았고 말은 서너 발 질질 끌려가다가 그대로 푹 고꾸라졌다. 그러자 알리는 재빨리 마차로 다가가 나머지 말의 얼굴을 손으로 잡아챘다. 말은 히힝 소리를 내며 이미 쓰러져 있던 말 옆에 넘어졌다. 그야말로 순식간에 벌어진 일이었다.

그런 일이 벌어지는 순간, 집 안에서 그 모습을 보고 있던 몽테크리스토 백작이 하인들을 거느리고 달려 나왔다. 그는 마차 문을 열고 그 안에 있던 부인을 안아 내렸다. 부인은 한 손으로는 마차 안의 쿠션을 꼭 움켜잡은 채 나머지 한 손으로는 기절한 아들을 가슴에 꼭 끌어안고 있었다. 백작은 부인과 아이를 안고 응접실로 간 후 소파 위에 눕혔다.

겨우 정신이 든 부인은 아직 깨어나지 않은 아들이 걱정이었다. 그녀는 아들을 보며 눈물을 흘렸다. 백작은 부인에게 안심하라며 작은 상자를 하나 가져와 열었다. 그리고 그 속에서 금박을 한 크리스털 병을 하나 꺼냈다. 병 속에는 핏빛처럼 빨간 액체가 들어 있었다. 백작은 그 액체를 한 방울 아이의 입에 떨어뜨렸다. 그러자 아이가 곧바로 눈을 떴다.

아이가 깨어나자 부인은 겨우 제정신을 차리고 몽테크리스토 백작에게 감사의 표시를 했다. 백작이 자기 이름을 말하자 부인이 말했다.

"아니, 당신이 바로 몽테크리스토 백작? 어제 당글라르 남작 부인이 그토록 열심히 이야기하던 바로 그분?"

"그렇습니다, 부인."

"전 빌포르 부인입니다. 제 남편이 정말 고마워하실 거예요. 이렇게 저와 아들의 목숨을 구해주셨으니."

부인은 무한히 감사하며 집으로 돌아갔다. 알리가 마차를 몰았다.

그날 오퇴유에서 있었던 그 사건은 온통 장안의 화제가 되었다. 모두들 그 이야기를 입에 떠올렸으며 보샹은 신문 가십난에 스무 줄가량의 기사로 그 사건과 백작을 소개했다.

바로 그날 밤, 빌포르 검사를 태운 마차가 거리를 달리더니 바로 샹젤리제 30번지 저택 앞에서 멈추었다. 빌포르 검사가 직접 몽테크리스토 백작을 찾은 것이다.

빌포프가 그 누군가를 직접 방문한다는 것은 파리 사교계에서는 대단한 사건이었다. 빌포르는 좀처럼 그 누군가를 찾지 않았고 누군가가 그를 찾아오는 일도 드물었다. 부득이 누군가를 방문해야 할 경우라도 대개 아내가 대신했다. 그가 검사라서가 아니었다. 그의 오만함과 귀족주의 정신에서 비롯된 것이었다. 그는 '스스로 값나가는 사람이 되어라. 그러면 남들도 그 가치를 존중할 것이다'라는 신조를 지키고 살았다.

그는 무도회를 개최했지만 정작 그 자리에는 15분 이상 머물지 않았으며 극장이든 음악회든 일반인이 모이는 장소에는 얼굴을 보이지 않았다. 그런 인물이 몽테크리스토 백작 건물 앞에 마차를 멈춘 것이다.

빌포르는 마치 법정에라도 들어서는 것처럼 엄숙한 걸음으로 집 안에 들어섰다. 옛날 마르세유에서 검사 대리로 있을 때보다 나이가 들어 얼굴색이 조금 누렇게 되었고 몸이 좀 야위었을 뿐 행동거지는 그대로였다. 그는 온통 검은 옷에 흰 넥타이를 하고 있었다.

백작은 일어나서 인사했다. 아무리 감추려 해도 상대방에 대한 관심의 눈빛이 역력히 드러나 있었다. 빌포르는 무심한 눈빛이었다. 그는 이 외국인을 『아라비안나이트』의 술탄처럼 생각하지 않았다. 모든 사람을 의심하는 그에게 이 외국인도 새로운 일거리를 찾아 파리를 찾아온 사기꾼이거나 전과자처럼 보일 뿐이었다.

빌포르는 마치 법정에 선 사법관의 말투로 백작에게 이렇게 말했다.

"어제 저의 집사람과 자식에게 베풀어주신 은덕에 감사드립니다. 감사의 뜻을 전하는 것이 제 도리이며 의무이기 때문에 이렇게 찾아오게 되었습니다."

그러자 백작이 얼음장처럼 냉정하게 대답했다.

"저는 당연한 일을 했을 뿐입니다. 아드님의 목숨을 구해드리게 된 것은 저로서는 행운이기도 합니다. 그런 기회는 자주 오는 게 아니니까요. 이렇게 인사를 오실 필요까지는 없었습니다. 저로서는 분에 넘치는 영광입니다. 제가 듣기로는 빌포르 검사께서는 좀처럼 남을 방문하지 않으신다던데, 이렇게까지 몸소 찾아주셨으니 더욱 그렇습니다. 제겐 정말 명예스러운 일이며 기쁜 일입니다."

전혀 뜻하지 않은 백작의 이러한 태도에 빌포르는 크게 놀랐다. 교양 없는 사람이라고 지레 생각하고 깔보고 있다가 한 대 맞은 것이다. 그는 할 말을 잊고 사방을 둘러보았다. 그는 아까 방으로 들어올 때 백작이 들여다보고 있던 지도에 눈길을 주면서 말했다. 무언가 다른 이야깃거리를 찾은 것이다.

"지도를 보고 계셨군요? 흥미로운 분야이지요. 특히 선생처럼 수많은 나라를 여행하셨다는 분에게는 더욱 그렇지요."

"그렇습니다. 특히 저는 당신 같은 분이 개개인에 대해 하는 인간성 연구를 전 인류를 향해 넓히고 싶습니다. 자, 우선 자리를 잡으시지요."

　백작이 손으로 안락의자를 가리켰다. 검사는 손수 그 의자를 끌어내어 앉았다. 빌포르는 상대방이 만만치 않은 적수임을 알고 정신을 모아 말했다.

　"말씀이 철학적이시네요. 하지만 제가 당신처럼 한가한 처지라면 좀 더 재미있고 의미 있는 일을 하려고 할 겁니다."

　"말씀 잘하셨습니다. 제가 아무 일도 안 하는 것처럼 보인다는 말씀이로군요? 그렇다면 제가 빌포르 씨께 묻겠습니다. 빌포르 씨는 무언가 일을 하고 계신가요? 아니, 좀 더 정확히 묻겠습니다. 빌포르 씨는, 지금 당신이 하고 계신 일이 과연, 그 무언가 하고 있다고 말할 정도의 가치가 있다고 생각하십니까?"

　빌포르는 이 이상한 적수에게 또 한 번 된통 당했다는 생각이 들었다. 이제까지 자신에게 이런 비꼬는 소리를 한 사람은 아무도 없었다. 어쨌든 그는 대답을 해야만 했다.

　"선생, 당신은 외국인입니다. 게다가 주로 동방에서 보내셨기에 형벌 체계가 너무 간단한 것만 보셨으니 이곳에서 사법 문제가 얼마나 신중하고 섬세하게 다루어지고 있는지 모르실 것입니다. 우리의 법전은 갈리아 풍속, 로마의 법전, 프랑스의 관습법에서 온 것입니다. 오랜 연구가 없이는 그에 대한 지식을 얻기는 힘들지요."

"그 점에는 동의합니다. 하지만 당신은 모든 것을 프랑스 법전의 눈으로만 보고 있지요. 하지만 저는 모든 것을 각 나라들의 법전들을 다 참고해서 봅니다. 당신도 대단한 일을 하고 있는 셈입니다. 하지만 지금까지 제가 해온 일에 비한다면 별것 아니라는 생각이 들어서 그렇게 말씀드린 겁니다. 감히 말씀드린다면 당신은 아직 배울 것이 많다는 이야기이지요."

점입가경이었다. 이야기를 나누면 나눌수록 빌포르는 상대방의 대담한 발언에 압도되는 기분이었는데, 이것은 그의 삶에서 처음 겪는 일이었다. 하지만 어쨌든 이야기는 이어가야 했다.

빌포르가 말했다.

"정말 죄송합니다. 이렇게 상식을 뛰어넘은 지식과 지혜를 갖춘 분을 뵙게 될 줄이야……. 그런 이야기를 제게 해준 사람은 당신이 처음입니다."

그러자 백작이 한층 더 놀라운 이야기를 했다.

"그건 당신이 언제나 상식이라는 것의 울타리 안에 갇혀 살았기 때문이지요. 신이 마련하신 더 높은 곳, 신께서 아주 예외적인 사람들의 거처로 보이지 않는 곳에 마련해주신 곳, 그곳으로 도약하려는 생각은 전혀 하지 않았기 때문이지요.”

“그렇다면 당신은 그런 곳에 살고 있단 말씀입니까?”

“맞습니다. 저는 상식적인 사람이 아닙니다. 저는 특별한 사람들 중 한 사람입니다. 제 왕국은 이 세계만큼이나 넓지요. 보통 왕들의 왕국은 산이나 강에 의해, 또는 그 나라의 관습에 의해, 또는 언어에 의해 저마다 경계가 있기 마련이지요. 하지만 제 왕국은 경계가 없습니다. 저는 이탈리아 사람도 아니고 프랑스 사람도 아니며, 인도 사람도 아니요, 스페인 사람도 아니기 때문입니다. 저는 세계인입니다. 이 세상 어느 나라도 제가 그곳에서 태어난 사람이라고 확언할 수 없습니다. 또한 제가 어디서 죽을지 아무도 모릅니다. 오직 하느님만이 제가 죽을 곳을 아시고 계십니다.

저는 단 한 나라의 풍습에 젖어 있지도 않고 단 한 나라의 언어를 쓰지도 않습니다. 나는 모든 나라의 풍습에 익숙하고 모든 나라의 언어를 씁니다. 내가 프랑스어를 유창하게 하니까 당신은 나를 프랑스 사람으로 여길 수도 있을 것입니다. 그런데 제가 데리고 있는 누비아인 알리는 저를 아랍사람으로 압니다. 제 집사인 베르투치오는 저를 로마 사람으로 알고 있습니다. 저를 섬기는 여자 노예는 저를 그리스 사람인 줄 압니다. 이제 아시겠지요? 저는 그 어느 나라 사람도 아닙니다. 따라서 그 어느 나라 정부의 보호도 제게는 필요하지 않습니다. 따라서 그 어떤 나라의 법도 저를 어찌할 수 없습니다. 달리 말하면 제게는 무서운 게 없습니다.

제겐 단 두 가지 적수가 있을 뿐입니다. '거리'와 '시간'입니다. 그리고 가장 무서운 세 번째 적수가 있습니다. 바로 죽을 수밖에 없는 인간의 운명이지요. 제 목표를 달성하기 전에 그것을 저지할 수 있는 놈은 '죽음', 그놈밖에 없습니다. 다른 건 모두 예측할 수 있습니다. 그 죽음이 제게 찾아오지 않는 한 나는 언제나 지금의 저와 같을 것입니다.

그래서 저는 당신에게 아무에게서도 들어보지 못한 이야기를 할 수 있는 겁니다. 다른 사람들은 언제나 자기가 속한 사회조직 내에서 생각하고 활동하며 당신을 두려워하겠지요. '언제 내가 검사에게 걸려들지 알 게 뭐야'라며 조심하겠지요. 하지만 저는 당신이 두려울 이유가 없습니다."

"어떻게 그런 말을 하실 수 있지요? 당신이 프랑스에 살고 있는 한 어쩔 수 없이 프랑스 법률을 따라야 합니다."

몽테크리스토가 대답했다.

"알고 있습니다. 하지만 저는 어느 나라로 가기 전에 도움을 받아야 할 사람과 조심해야 할 사람을 미리 조사해둡니다. 저만의 방법이 다 있습니다. 그래서 어떤 의미로는 그들 본인들보다 그들에 대해 더 잘 알게 됩니다. 설사 내가 법적인 문제에 부딪치더라도 나를 만나게 될 검사는 아마 나보다 더 당황하게 될 겁니다. 그도 분명 무언가 범죄, 또는 잘못을 저질렀을 것이고, 내가 그 내막을 훤히 알고 있을 것이니까요."

빌포르는 이루 말할 수 없이 놀란 얼굴로 백작을 바라다보았다.

"백작, 당신께 당신의 양친이 누구이신지 물어봐도 되겠습니까?"

빌포르는 이제까지 이 낯선 남자를 '당신'이라는 호칭으로만 불러오다가 비로소 '백작'이라고 귀족 칭호를 붙이기 시작했다.

"부모님은 안 계십니다. 저는 이 세상에 혼자입니다."

“안됐군요”라고 빌포르가 용기를 내서 말했다.

“안됐다니 무슨 말입니까?”

“당신의 오만함이 꺾이는 경험을 하셨을 테니 말입니다. 죽음 밖에는 두려운 게 없다고 하셨잖습니까? 부모님의 죽음 앞에서 두려움을 느끼셨을 테지요.”

“제가 언제 죽음이 두렵다고 했나요? 죽음만이 내가 하고자 하는 일을 막을 수 있을 뿐이라고 했지요.”

“늙음이 목표를 좌절시킬 수도 있지 않겠습니까?”

“내 과업은 내가 늙기 전에 끝날 겁니다.”

“미치는 건 어떻습니까?”

“내가요? 내가 그 지경까지는 가지 않을 겁니다. 이런 격언이 있지요. ‘같은 범죄로 두 번 벌하지 않는다.’ 당신은 검찰이니 내가 무슨 말을 하는지 잘 이해할 수 있겠지요?”

빌포르는 자신이 이미 미친 적이 있었다고 말하는 상대를 빤히 쳐다본 후 다시 말했다.

“하지만 그런 것들 외에도 두려운 것들은 있습니다. 이를테면 중풍 같은 병이 있습니다. 바로 목숨을 잃지는 않지만 거의 죽은 목숨이나 다름없습니다. 그 병에 한번 걸리면 모든 게 끝장입니다. 저희 집에서 이런 대화를 계속하시고 싶으시면 한 번 방문해주십시오. 제 아버지 누아르티에 빌포르 씨를 소개해드리겠습니다. 아버지는 정력적인 분이셨습니다. 열렬한 자코뱅 당원이셨고 헌신적이고 대담무쌍한 분으로 유명했습니다. 스스로 운명의 주인이라고 말하던 분이었지요.

그러던 분이 단지 뇌혈관이 파괴되었다는 사실 하나로 모든 것이 끝장난 것입니다. 그것도 단 한순간에……. 그렇게 무섭던 누아르티에 씨가 한순간에 불쌍한 누아르티에 씨가 되었습니다. 이제는 몸도 못 가누면서 손녀 발랑틴이 시키는 대로 해야 하는 신세가 되었습니다.”

이야기를 들은 백작이 물었다.

“도대체 무슨 이야기를 하고 싶으신 건가요?”

“제 아버지는 인간적 정념 때문에 길을 잃었던 것이고 잘못을 범하신 겁니다. 인간적인 심판에서는 벗어날 수 있는 잘못이었는지 몰라도 결국 신의 심판을 피하지는 못하신 겁니다. 하느님이 한 인간을 본보기로 삼아 그분을 벌하신 겁니다.”

몽테크리스토 백작의 입술에는 여전히 잔잔한 미소가 흐르고 있었다. 하지만 그의 가슴속에서는 무서운 분노가 일고 있었다. 저자의 입에서 하느님의 심판 이야기가 나올 수 있다니!
자기는 그 심판에서 벗어날 수 있다고 믿고 있다니!

"그럼 이만 실례하겠습니다"라고 빌포르가 말했다. 그는 오
래전부터 이미 나갈 준비를 하고 일어나 있었다.

그가 작별 인사 대신 말했다.

"처음 뵙게 되었는데 많이 배우고 많이 놀랐습니다. 저에
대해 좀 더 아시게 된다면 저를 좋아하시게 될 겁니다. 백작만
은 못할지 몰라도 저 역시 평범한 인간은 아니거든요. 더욱이
제 아내는 백작을 영원한 친구로 생각하고 있습니다."

빌포르가 떠나자 백작이 한숨을 푹 내쉬며 말했다.

"어휴, 독소를 너무 많이 마셨어. 빨리 뱉어내야겠어."

음모에는 음모로: 카발칸티 소령과 안드레아 카발칸티

　　그사이 몽테크리스토 백작은 메레가 7번지를 방문했다. 모렐 가족을 방문한 것이다. 그는 그곳에서 행복한 결혼 생활을 하고 있는 쥘리 모렐, 엠마뉘엘 부부와 막시밀리앙 모렐을 만났다. 그들이 위기에 처했던 그날, 그들을 구해준 지갑에 들었던 다이아몬드를 그들은 가보로 간직하고 있었다. 그들의 화제는 당연히 위기의 순간에 그들을 도와준 영국인 이야기로 옮아갔다. 그들은 모두 그 은인에게 감사하며 그가 누구인지 알기를 간절히 바라고 있었다. 그런데 몽테크리스토 백작은 막시밀리앙에게서 놀라운 소리를 들었다. 막스밀리앙이 말했다.

"아버지께서는 기적이 일어난 거라고 말씀하셨습니다. 그 은인은 우리를 도우려고 무덤 속에서 나오셨다고 하셨습니다. 아버지께서는 당신이 사랑했던 친구, 하지만 이미 잃어버린 친구를 홀로 생각하시며 수없이 그 이름을 되뇌이시곤 하셨지요, 하지만 큰 소리로 입 밖에 내신 적은 없었습니다. 그런데 마지막 숨을 거두시면서 분명하게 말씀하셨습니다. '막시밀리앙, 그건 에드몽 당테스야'라고 말씀하시면서 돌아가신 거지요."

그 말을 들은 몽테크리스토 백작의 얼굴색이 변한 것은 물론이다. 그는 서둘러 그들과 작별하고 집을 나섰다. 그가 밖으로 나가자 쥘리가 혼잣말을 했다.

'저분 목소리가 어딘가 귀에 익어. 처음 듣는 목소리가 아닌 것 같아.'

한 가지만 더 이야기하자. 몽테크리스토 백작은 빌포르 씨 방문의 답례로 그의 집을 찾아갔다. 빌포르는 만찬에 가고 없었고 빌포르 부인이 백작을 맞았다. 몽테크리스토 백작은 그 집에서 빌포르의 딸 발랑틴도 만났다. 발랑틴은 열아홉 살 난,

키 크고 날씬한 처녀였다. 그녀는 빌포르와 지금은 고인이 된, 그의 전처 르네 사이에서 태어난 딸이었다. 밝은 밤색 머리에 푸른 눈의 소녀는 어머니를 꼭 닮은 것처럼 우아했다. 부모들은 그를 알베르의 친구 프란츠와 결혼시키려 하고 있었다. 우리가 로마에서 만났던, 케넬 장군의 아들 그 프란츠 말이다. 하지만 그녀는 막시밀리앙 모렐을 사랑하고 있었다. 막시밀리앙 모렐도 그녀를 너무 사랑한 나머지 군대도 제대한 상태였다. 우리는 그들의 사랑의 결말에 대해서는 나중에 자세히 알게 될 것이니 여기서는 이 정도로 그치기로 하자.

발랑틴이 밖으로 나가자 몽테크리스토 백작과 빌포르 부인은 독약에 대해 많은 이야기를 했다. 몽테크리스토 백작은 모든 분야에 박식했지만 그 분야에는 특히 전문가였다. 백작의 이야기를 감탄하면서 듣던 부인이 말했다.

"백작께선 정말 대화학자이십니다. 제 아들에게도 영약을 먹이신 적이 있지요? 그 약을 먹자마자 제 아들이 정신을 회복했던 그 약 말이에요."

"아, 부인. 그 약은 위험하기도 합니다. 한 방울만 아드님에게 마시게 했기에 다시 정신이 돌아온 거지요. 만일 세 방울만 마시더라도 피가 전부 폐로 몰리게 되고, 여섯 방울을 마시면 혼수상태에 빠집니다. 열 방울을 마시면 죽게 되지요. 약과 독은 그렇게 한 몸입니다.”

빌포르 부인은 그 약의 처방을 알고 싶다고 했다. 자기가 신경질적이고 종종 기절하는 습성이 있으니 그 약이 정말 필요하다는 것이었다. 몽테크리스토 백작은 이튿날 그녀에게 처방을 보내주었다. 처방을 보내주면서 그는 중얼거렸다.

‘생각했던 것보다 큰 성과를 거두었어. 땅이 좋으니 곧 뿌린 씨에서 싹이 돋아나겠군.’

며칠 후였다. 마차 한 대가 백작 집 문 앞에 멈추었다. 마차에서 쉰댓쯤 되어 보이는 남자가 내리자 마차는 사라졌다. 녹색 프록코트에 장화를 신고 장갑을 꼈으며 헌병을 연상시키는 모자를 쓰는 등, 요란하면서도 이상한 복장을 하고 있었다. 그는 곧 객실로 안내되었다.

백작은 그를 기다리고 있다가 웃으며 나와 그를 반겼다.

“어서 오시오. 기다리고 있었소.”

“정말이십니까? 각하께서 저를 기다리고 계셨다고요?”

"물론이지요. 당신은 바르톨로메오 카발칸티 후작이 아니십니까?"

"바르톨로메오 카발칸티, 그렇지요. 제가 바로 그 카발칸티란 사람이지요."

"그렇게 말씀하시면 안 되지요. 당신은 카발칸티 후작입니다. 전에 오스트리아에서 소령으로 있었지요?"

"제가 소령이었나요?" 상대방은 쭈뼛쭈뼛하며 반문했다.

"그럼요, 소령이었지요. 당신은 저 친절하신 부소니 신부가 보낸 거지요?"

"네 그렇습니다. 여기 그분이 주신 편지가 있습니다."

백작은 편지를 건네받자 겉봉을 뜯고 내용을 읽었다.

> 카발칸티 소령은 루카의 귀족으로서 피렌체의 카발칸티 가의 후예로 연 수입 50만 프랑의 재산을 가지고 있으며

백작이 여기까지 읽자 상대방의 눈이 휘둥그레졌다.

"50만 프랑이오?"

“그렇습니다. 부소니 신부님은 유럽의 재산가들에 관해서는 손바닥 보듯 훤합니다.”

“예, 예, 그렇게 알고 있겠습니다.”

백작은 편지를 계속 읽었다.

다만 한 가지 그가 불행하게 여기는 게 있소. 사랑하는 아들을 잃어버린 것이오. 그는 아들을 찾기를 간절히 원하고 있소. 그의 아들은 가문에 원한을 품은 가정교사에 의해 어릴 때 유괴된 것으로 보이며, 이 사람이 15년이나 찾아 헤맸지만 소용이 없었소. 백작께서는 그의 아들을 찾아주시리라 생각되어 그를 백작에게 보내오.

편지를 읽은 백작이 그에게 말했다.

“좋습니다, 제가 찾아보겠습니다.”

그러자 소령이 벌떡 일어났다.

“오, 오! 그렇다면 이 편지 내용이 정말 모두 사실이란 말입니까?”

“아니, 그걸 의심하고 계셨나요? 아, 여기 추신이 있네요.

이걸, 마저 읽지요.”

백작은 추신을 읽었다.

카발칸티 소령 앞으로 2,000프랑의 어음을 여비로 보냅
니다. 또한 귀하가 제게 지불할 4만 8,000프랑을 그에게
대신 지급해주실 것을 요망합니다.

소령은 믿을 수 없다는 듯 눈을 굴리며 말했다.

“그러니까 이 추신도 받아들이시는 건가요?”

“그럼요, 바로 돈을 드리겠습니다.”

백작이 벨을 울리자 하인 바티스탱이 나타났다. 백작이 그
에게 눈으로 묻자 하인이 대답했다.

“젊은이도 저쪽 푸른 객실에 와 있습니다.”

“알았어. 그럼 포도주와 비스킷을 가져오게.”

하인이 포도주와 비스킷을 가져오자 백작은 그것을 소령에
게 권한 후 마무리를 짓기 위해 그에게 말했다.

“그러니까 소령은 이탈리아 일류 가문의 규수와 결혼했는
데 부인이 10년 전에 세상을 떠났지요. 이름이 올리바 코르시

나리이지요?”

소령이 반복했다.

“올리바 코르시나리, 그렇습니다.”

“그리고 아들 이름은 안드레아 카발칸티이고요. 적들이 가문의 대를 끊기 위해서 어릴 때 유괴해간 거지요. 부소니 신부님께서는 「결혼증명서」와 「출생증명서」도 챙겨주셨습니다. 모두 내게 있지요. 자, 이 서류를 가져가십시오. 이 서류를 보고 잊어버렸던 기억을 다 머릿속에 되살려놓기 바랍니다.”

“여부가 있습니까. 그 서류가 없어도 이미 머릿속에 다 넣어 놓았습니다.”

“자, 내가 마지막으로 깜짝 놀랄 선물 하나 드리지요. 실은 그 아드님이 지금 여기 와 있습니다. 그쪽도 오랜만에 아버지를 만나려면 마음의 준비를 해야 하니, 한 15분쯤 기다려주시지요. 제가 이 방으로 들여보내겠습니다.

한 가지 더 말씀드리지요. 리슐리외가에 있는 프랑스 호텔을 소령님 숙소로 미리 잡아두었습니다. 거기 트렁크가 있으니 그 안의 옷으로 갈아입으시기 바랍니다. 훈장 달린 군복이 들어 있을 겁니다. 지금 입고 계신 옷도 좋지만 파리에서는 이미 유행이 지난 거라서……. 그리고 여기 우선 8,000프랑이 있습니다. 받으시지요. 나머지 4만 프랑은 나중에 드리지요.”

소령은 너무 좋아 정신을 차릴 수 없을 지경이었다. 백작은, 그에게 상냥하게 인사한 후 밖으로 나갔다.

몽테크리스토 백작은 바로 옆방으로 들어갔다. 제법 옷을 우아하게 입은 늘씬한 청년이 백작을 기다리고 있었다. 소파에 앉아 지팡이 끝으로 장화를 툭툭 치고 있던 청년은, 백작이 들어서자 얼른 자리에서 일어났다.

백작이 그에게 말했다.

“안드레아 카발칸티 백작이십니까?”

그러자 그가 그렇다고 대답하며 거리낌 없는 태도로 마주 인사했다.

백작이 다시 물었다.

“제가 받을 「소개장」을 가지고 오셨는지요?”

“네, 가져오긴 했는데 서명이 좀 이상해서요. 선원 신드바드라고 되어 있더군요.”

“이상할 것 없습니다. 돈이 아주 많은 제 친구로 『아라비안

나이트』에 나오는 사람의 후손입니다. 본명은 윌모어 경이라고 하지요.”

“아, 그렇군요. 이제 모든 걸 알겠습니다. 바로 그 영국 사람이군요. 그러니까……. 에……. 그때……. 암튼, 뭐든 시키시는 대로 하겠습니다.”

“그렇다면 정식으로 당신 소개를 해주시겠습니까?”

“아, 해드리고 말고요.” 청년은 기억력에 자신 있다는 듯 말했다.

“백작님 말씀대로 저는 바르톨로메오 카발칸티 소령의 아들, 안드레아 카발칸티입니다. 아버지는 지금도 50만 프랑의 연금을 받고 있어 유복한 가정입니다. 그런데 저는 지금까지 수없는 불행을 겪었습니다. 어릴 때 못된 가정교사에게 유괴되어 15년 이상 아버지와 헤어져 있게 된 거지요. 그런데 신드바드 씨가 제게 편지를 보내서 아버지께서 파리에 계시다고 알려왔습니다. 그리고 그 편지에는 아버지를 만나려면 당신을 찾아뵈라고 씌어 있었습니다.”

“애절한 사연이군요. 신드바드 씨의 말을 따르기를 잘하셨습니다. 정말로 아버지께서 당신을 기다리고 계십니다.”

이제까지 침착함을 잃지 않고 있던 청년이 그 말에 펄쩍 뛰며 소리를 질렀다. 공포감이 얼굴에 나타났다.

"아버지가? 여기에서요?"

"그렇습니다. 아버지 바르톨로메오 소령 말입니다."

그러자 청년이 안도한 듯 한숨을 내쉬었다.

"아, 그렇지요. 저는 그분의 아들이지요. 그분이 여기 계시다는 말씀이지요?"

"그렇습니다. 제가 방금 만나 뵙고 가슴 아픈 사연을 들었습니다. 어느 날 유괴범들이 당신이 있는 곳을 알려주는 대신 어마어마한 돈을 내놓으라는 편지를 보냈다고 하더군요. 그래서 곧장 돈을 피에몬테 국경으로 보냈답니다.

저는 당신 이야기를 제 친구 윌모어 경으로부터 들었습니다. 그는 자선사업가입니다. 그는 사교계에서 잃어버린 당신의 위치를 찾아주고 당신 아버지도 꼭 찾아주고 싶다고 하더군요. 당신 아버님을 찾아낸 것도 그 친구입니다. 그리고 여기서 부자 상봉을 이루게 해주고 앞으로는 당신의 뒤를 제게 봐드리라고 부탁하더군요. 저는 그의 둘도 없는 친구니까 그의 부탁을 받아들일 겁니다. 다만 딱 한 가지 행동 방침을 세워주

시기 바랍니다. 당신의 이익과 깊은 관련이 있으니 지켜주시
리라 믿습니다. 실은 아주 간단합니다. '과거의 어두웠던 면은
모두 지운다.' 이거 하나입니다. 당신이 파리에서 지내는 동안
1년에 5만 프랑을 드릴 테니, 거기에 걸맞게 행동하셔야지요.
물론 당신 아버지가 드리는 겁니다."

백작의 말이 끝나자 청년이 물었다.

"저희 아버지께선 파리에 오래 계실 작정이신가요?"

"일 때문에 그렇게 오래 못 계실 겁니다. 며칠만 계실 겁니
다. 자, 이렇게 시간을 지체할 게 아니라 빨리 아버지를 만나
뵈어야지요. 자, 객실로 들어가십시오. 당신을 기다리고 계십
니다."

안드레아는 백작에게 정중히 인사하고 객실로 들어갔다.
백작은 그 뒷모습을 바라보다가 그가 눈에서 사라지자 벽에
걸린 액자를 옆으로 살짝 밀어냈다. 그러자 좁은 틈 사이로 객
실 안이 들여다보였다.

안드레아는 객실로 들어가자 문을 닫고 소령 앞으로 걸어
갔다. 소령은 발소리를 듣고 자리에서 일어났다.

"아, 아버지!" 안드레아가 큰 소리로 외쳤다.

“오, 너냐!” 소령이 장중한 목소리로 대답했다.

두 사람은 마치 무대 위의 배우처럼 얼싸안았다.

안드레아가 말했다.

“이제 다시는 헤어지고 싶지 않아요, 아버지. 파리에 계속 계실 거죠?”

“아냐, 난 루카로 돌아가야 해.”

“그렇다면 제 신분을 증명할 서류들은 제게 주시고 떠나셔야죠. 이제 아버지를 찾은 이상 떳떳하게 지내고 싶어요.”

소령이 몽테크리스토에게서 받은 서류를 보여주자 안드레아는 빼앗듯이 그것들을 움켜쥐더니 샅샅이 읽었다. 다 읽고 난 그는 기쁨에 찬 얼굴로 소령에게 말했다. 유창한 토스카나어였다.

“이탈리아에서는 죄를 막 지어도 징역을 살지 않는 모양이지요?”

소령이 깜짝 놀라 되물었다.

“그게 무슨 말이냐?”

“이런 서류를 위조해도 무사하냐 이 말입니다. 아버지, 여기서는 이거 비슷한 짓만 저질러도 감방에서 5년 이상 썩어야

합니다.”

소령은 당황한 듯했지만 근엄한 표정을 잃지 않으려 애쓰면서 “도대체 무슨 소리를 하고 있는 거냐?”라고 물었다.

그러자 안드레아가 소령의 두 팔을 잡으며 말했다.

“카발칸티 씨, 이러지 말고 정직하게 말해보시지. 내 아버지 노릇하면서 얼마나 받은 거요? 내가 먼저 밝힐까요? 난 당신 아들 노릇하는 대가로 연 5만 프랑을 받기로 했소.”

소령이 목소리를 낮추며 말했다.

“나는 일시불로 만 프랑을 받기로 했어.”

“그 약속을 믿어도 될까요?”

“난 믿어. 이걸 보라고.” 소령은 안주머니에서 금화를 한 움큼 꺼내 안드레아에게 보여주었다.

“좋아요, 그럼 우린 이제부터 우리 역할을 잘해내야겠네요.”

“그렇지, 난 자네의 다정한 아버지 역할을 하고…….”

“나는 당신의 착한 아들 역을 하고…….”

“그래, 무언가 커다란 꿍꿍이가 있는 것 같긴 한데, 우리가 알 바는 아니지.”

“맞아요. 우리 이제 한패가 되어 잘해보기로 해요.”

"그러자. 아들아!"

"네, 아버지!"

그 순간 백작이 객실로 들어왔다. 백작의 발소리가 들리자 두 사람은 서로 덥석 끌어안았다. 그 모습을 보고는 백작이 말했다.

"어떻습니까, 후작! 기대하시던 모습 그대로인가요?"

"네, 말할 수 없이 가슴이 벅찹니다."

그러자 안드레아가 말했다.

"저도 너무 행복해서 목이 멜 지경입니다."

백작이 말했다.

"아주 행복한 아버지와 아들입니다. 참, 후작, 곧 파리를 떠나셔야 하지요? 며칠 늦추시면 안 되겠습니까? 제 친구들을 몇 명 소개해드릴까 해서요."

"저야, 백작님 지시대로만 하겠습니다."

백작은 주머니에서 돈 뭉치를 꺼내더니 안드레아의 손에 쥐어주었다. 그리고 안드레아의 손을 소령이 쥐게 하면서 말했다.

"자, 이 돈은 아버지가 아들에게 주시는 겁니다. 이건 약속한 돈과 별도의 돈입니다."

그들은 밖으로 나가기 전에 백작에게 언제 또 만날 수 있느냐고 물었다.

"토요일에 오퇴유의 퐁텐 가 28번지의 제 별장에서 몇몇 손님들을 모시고 만찬을 하게 되어 있습니다. 그날 보기로 하지요. 후작께서는 정식 복장을 하시고 아드님은 간단하게 차려입고 오시지요. 저녁 6시 반입니다."

두 사람은 백작과 작별 인사를 한 후 밖으로 나가자 곧장 다정하게 팔짱을 꼈다.

누아르티에 드 빌포르 씨의 유언

여기는 빌포르 검사의 집, 몸을 움직일 수 없는 노인이 바퀴가 달린 커다란 의자에 앉아 있었다. 바로 빌포르 검사의 아버지 누에르티에 씨였다. 하인들이 아침마다 노인을 그 의자에 앉혔으며, 의자 옆에는 방 안 전체를 비출 수 있는 커다란 거울이 있었다. 노인은 그 거울을 통해 방에 누가 들어왔다 나가는지 다 볼 수 있었다.

온몸을 전혀 움직일 수 없는 이 노인에게는 오로지 시각과 청각만이 생생하게 살아 있었다. 특히 노인의 검은 눈에는 그의 정신 속에 충만해 있는 모든 에너지와 지혜가 집중되어 있었다. 그는 손가락 하나 꼼짝할 수 없었고 소리를 낼 수도 없었지만 그 살아 있는 눈으로 모든 의사를 표현했다. 이 중풍 환자의 말을 알아들을 수 있는 이는 오직 세 명뿐이었다. 그의 아들 빌포르와 손녀 발랑틴, 그리고 늙은 하인 바루아뿐이었다. 하지만 빌포르가 노인을 찾는 일은 극히 드물었다. 아버지를 보러 와서도 아버지의 뜻을 알아듣고 아버지를 기쁘게 해주려고 노력하지 않았다. 노인은 오로지 손녀 발랑틴에게서만 행복을 찾고 느낄 수 있었다. 발랑틴은 사랑의 힘으로 노인의 눈길에서 모든 것을 읽어낼 수 있었다. 그래서 둘 사이에는 언제나 생생한 대화가 오갈 수 있었다.

빌포르 부부가 안락의자에 앉아 있는 노인에게 오더니 바루아를 밖으로 내보냈다. 빌포르는 노인의 오른쪽에 앉고 아내는 왼쪽에 앉게 한 후 노인에게 말했다.

"아버님, 아버님께 말씀드릴 일이 있어 왔습니다. 아버님께서도 찬성해주시리라 믿습니다."

노인의 눈에는 방으로 들어온 아들 부부를 처음 보았을 때와 마찬가지로 아무런 표정도 떠오르지 않았다.

빌포르가 말을 이었다.

"아버님, 발랑틴을 시집보내려 합니다. 3개월 내로 결혼식을 올릴 겁니다.”

노인이 표정 변화를 보이지 않자, 빌포르 부인이 말했다.

“아버님도 좋아하실 신랑감이에요. 집안도 좋고 재산도 많은 데다 아주 훌륭한 청년이랍니다. 아버님도 아시는 청년이에요. 프란츠 드 케넬 남작이랍니다.”

빌포르 부인의 입에서 프란츠라는 이름이 나오자 노인이 눈이 부르르 떨렸다. 빌포르는 이미 예상하고 있던 일이었다. 아버지와 프란츠의 아버지 사이에 정치적 반목이 있었음을 그는 이미 알고 있었다.

하지만 그는 아버지의 반응은 전혀 개의치 않고 아내의 말을 받아 이야기를 계속했다.

“이 혼담이 오갈 때 저희는 아버님 생각을 했습니다. 결혼하면 발랑틴이 아버님과 함께 살게 될 것입니다. 두 명의 시중을 받으실 수 있게 되는 거지요.”

빌포르의 말을 들으면서 노인의 눈과 얼굴이 벌게지고 입술이 새파랗게 되었다.

빌포르 부인은 아랑곳하지 않고 이어서 말했다.

“그 집 가족들도 모두 이 혼담을 좋아하는 것 같아요. 가족이라야 큰아버지와 숙모뿐이지만요. 어머니는 프란츠가 태어난 지 얼마 안 되어서 돌아가셨고 아버지는 프란츠가 두 살일 때 암살당했으니까요. 그때가 1815년이었던가요? 아버님도 아시지요?”

빌포르가 옆에서 거들었다.

“맞아. 그런데 이상한 건 그 암살 사건의 범인이 아직 누군지 아무도 모른다는 거야.”

노인의 입술에 미소 같은 것이 떠올랐다.

그들이 인사를 하고 밖으로 나가자 발랑틴이 들어왔다. 발랑틴은 할아버지를 보자마자 할아버지가 무척 괴로워하고 있다는 것, 자신에게 무언가 할 말이 많다는 것을 금방 눈치챌 수 있었다.

“할아버지, 아버지와 어머니가 다녀가셨죠? 제 결혼 이야기 때문에 화나셨죠?”

노인이 눈으로 그렇다는 표시를 했다.

“할아버지는 제가 불행해질까봐 그러시는 거지요? 할아버지도 프란츠 씨가 싫으세요?”

노인은 눈으로 싫다는 표정을 되풀이해 보여주었다.

그러자 발랑틴이 말했다.

"할아버지, 저도 프란츠 데피네 씨가 싫어요. 저는 어떻게 하면 좋아요?"

발랑틴은 막연히 프란츠를 싫어하는 것이 아니었다. 그녀는 지금 다른 남자와 사랑에 빠져 있었던 것이다. 다시 한 번 말하지만 발랑틴이 사랑하는 남자는 막시밀리앙 모렐이었다. 운명이라는 놈은 모렐 가의 아들과 빌포르 가의 딸을 서로 사랑하는 사이로 엮어놓은 것이다.

발랑틴이 프란츠를 싫어한다고 말하자 노인의 눈에 반가운 빛이 스쳤다.

"아, 할아버지께서 도와주실 수만 있다면……. 하지만 할아버지는 저처럼 슬퍼하시기만 하실 뿐 아무것도 하실 수가 없으니……."

그 말을 듣고 노인의 눈이 아주 복잡한 표정을 지었다. 발랑틴은 그 눈빛의 뜻을 알 수 있을 것 같았다.

"할아버지, 저를 위해 뭔가 해주실 수 있다는 말씀이세요?"

노인은 그렇다고 눈빛으로 말한 후 눈을 위로 향했다. 노인이 무언가를 요구할 때의 표현이었다. 발랑틴은 할아버지가 무엇을 원하는지 알 수 없었다. 그래서 발랑틴은 알파벳을 하나씩 노인에게 불러주며 노인의 눈을 살폈다. 발랑틴과 노인의 대화 방법이었다. 발랑틴의 입에서 N이라는 철자가 나오자 노인은 바로 그거라는 표시를 했다. 다음에 발랑틴이 O라는 철자를 대자 눈빛으로 "바로 그거야"라는 표시를 했다.

발랑틴은 얼른 사전을 가져다 펼쳤다. 그리고 NO로 시작되는 단어들을 하나하나 손가락으로 짚으며 노인의 눈을 주시했다. 발랑틴이 Notaire(공증인)라는 단어를 짚자 노인이 '그만'이라는 신호를 했다.

"할아버지 공증인을 부르라는 말씀이세요?"

노인이 그렇다는 표시를 했다.

"그럼, 아버지께 알려드릴까요?"

그러자 노인이 또 긍정의 표시를 했다.

발랑틴은 하인을 불러 빌포르 씨를 할아버지 방으로 불러오게 했다. 잠시 후 빌포르가 노인의 방으로 와서 물었다.

"왜, 그러세요, 아버님."

"아버지, 할아버지께서 공증인을 불러달라고 하세요."

빌포르가 왜 공증인이 필요하시냐고 수차례 물었지만 노인은 대답하지 않았다. 그러자 그 모습을 보고 있던 늙은 하인 바루아가 나섰다.

"영감님께서 공중인을 원하신다니 제가 불러오겠습니다."

말을 마친 후 그는 밖으로 나갔다. 그에게 주인은 누아르티에 씨밖에 없었다. 그는 노인의 의사를 거부해본 적이 없는 충실한 하인이었다.

바루아가 방을 떠나자 빌포르는 이맛살을 찌푸렸다. 아버지가 왜 공중인을 부르라고 했는지 도무지 짐작이 되지 않았지만 아버지의 눈길에서 무언가 심상치 않은 기색을 발견했기 때문이다.

한 시간이 채 되지 않아, 바루아가 공중인 데샹 씨와 함께 방으로 들어섰다. 공중인이 오자 노인은 눈으로 발랑틴을 불렀다.

이제부터는 독자 여러분을 위해 노인이 실제로 대화를 나눈 것처럼 이야기를 진행하겠다. 물론 발랑틴이 노인의 뜻을 모두 해독해서 전달했다. 노인의 눈빛만으로도 둘 사이에는 얼마든지 대화가 가능했던 덕분이었음을 독자들이 알아주기 바란다. 발랑틴이 노인과 공증인 사이에서 통역 역할을 했다고 보면 될 것이다.

공증인이 노인에게 물었다.

"혹시「유언장」을 만들기 위해 저를 부르신 건가요?"

"맞아."

빌포르는 아버지가 도대체 뭘 어쩌려는 것인지 도무지 알 수가 없었다. 검사는 아버지가「유언장」을 만드시겠다니 아내를 부르는 게 나을 것 같았다. 그는 하인을 시켜 아내를 불러오게 했다.

공증인이 말했다.

"그렇다면 묻겠습니다. 노인장께서는 당신의 재산이 얼마나 되는지 알고 계십니까?"

"알고 있소."

"제가 적은 액수부터 많은 액수까지 천천히 불러보겠습니다. 제가 말한 액수가 노인장의 재산과 일치하면 신호를 보내주십시오." 노인이 그러자고 하자 공증인이 액수를 말하기 시작했다.

"노인장의 재산이 30만 프랑은 넘나요?"

"넘지."

공증인은 숫자를 차츰차츰 늘려 말하기 시작했다. 액수가 40만부터 80만에 이르기까지 가만히 있던 노인이 90만 프랑에 이르자 그렇다고 대답했다.

"노인장의 재산이 90만 프랑입니까?"

"그렇소."

"부동산인가요?"

"아니오."

"그렇다면 「공채증서」인가요?"

"그렇소."

"그게 어디 있는지 물어도 되겠습니까?"

그러자 노인이 바루아에게 눈짓을 했다. 바루아는 즉시 밖으로 나가더니 잠시 후에 작은 상자를 하나 들고 들어왔다. 그러자 공증인이 말했다.

"이 상자를 열어봐도 좋겠습니까?"

"그러시오."

공증인이 상자를 열자 그 속에서 90만 프랑의 「공채증서」가 나왔다.

"이 재산을 누구 앞으로 남기실 작정이신가요?"

순간 빌포르 부인이 나섰다.

"물어보나 마나예요. 저분은 손녀만 귀여워하시는데요. 발랑틴은 6년간이나 할아버지를 돌보아드렸어요. 그동안의 헌신적인 봉사와 사랑의 보답으로 발랑틴이 유산을 받는 건 당연한 일이겠지요."

공증인이 노인에게 물었다.

"부인 말씀대로인가요? 노인장께서는 이 유산을 발랑틴 양에게 물려주시겠습니까?"

그러자 노인은 사랑스런 눈길로 손녀를 잠시 바라보았다. 누구나 그렇다는 대답을 기대하고 있었다. 그런데 노인의 답은 그게 아니었다.

"아니오."

공증인을 비롯해 모두 놀랐다.

"제가 잘못 안 게 아니지요? 분명히 발랑틴 양이 아니란 말인가요?"

"아니오."

발랑틴도 깜짝 놀랐다. 그녀가 할아버지를 쳐다보자 노인이 깊은 애정이 담긴 눈길로 화답했다.

그러자 빌포르 부인이 나서며 말했다.

"아버님, 그렇다면 손자인 에두라르에게 남겨주시려는 건가요?"

노인은 증오의 눈길을 그녀에게 보냄으로써 분명히 아니라고 답했다. 이제 남은 건 빌포르밖에 없었다. 그러나 공증인이 빌포르 씨에게 넘겨주려는 것이냐고 묻자 노인은 이번에도 아니라고 부인했다.

모두 어안이 벙벙해 있는데 노인의 눈이 발랑틴의 손을 응시했다.

"할아버지, 제 손을 말씀하시는 거예요?"

그러자 노인이 그렇다는 표시를 했다.

모두들 "발랑틴의 손이 어쨌다는 거지요?"라고 물었다.

순간, 발랑틴이 소리쳤다.

"아, 알았어요, 할아버지! 제 결혼 얘기지요? 그렇지요?"

그러자 노인은 눈으로 세 번이나 그렇다고 긍정했다.

발랑틴이 노인에게 물었다.

"할아버지는 제가 프란츠 데피네 씨와 결혼하는 게 그렇게도 싫으세요?”

“그래, 싫다.”

이번에는 공증인이 나섰다.

“그럼, 발랑틴 양의 결혼 상대가 노인장의 뜻에 맞지 않기 때문에 재산을 상속해줄 수 없다는 말씀이시군요. 제 말이 맞습니까?”

“그렇소.”

“그러니까, 만일 손녀가 그 결혼을 하지 않으면 상속해주시겠다는 말씀이시군요.”

“그렇소.”

방 안에 무거운 침묵이 흘렀다. 빌포르가 입술을 깨물고 있다가 말했다.

“이 결혼에 대해 이런저런 의견을 말할 수 있는 사람은 나뿐이오. 내가 저 아이의 애비이기 때문이오. 나는 내 딸이 프란츠 데피네 씨와 결혼하기를 원하오. 그러니 저 애는 그와 결혼을 해야 하오.”

빌포르의 단호한 선언에 발랑틴을 눈물을 글썽이며 의자에 주저앉았다.

공증인이 노인에게 물었다.

"노인장, 발랑틴 양이 프란츠 씨와 결혼하게 되면 그 재산을 어떻게 하실 작정이십니까? 가족 중의 아무에게도 주지 않겠다면 가난한 사람들을 돕는 데 쓰시겠다는 건가요?"

노인이 그렇다는 눈짓을 하자 공증인이 말했다.

"법으로는 가족의 의견을 완전히 무시하고 유산을 남에게 넘기는 것은 금지되어 있습니다. 그걸 알고 계신가요?"

"알지."

"그렇다면 노인장께서 돌아가신 후 가족들이 「유언장」 집행을 거부하게 될 겁니다. 그래도 좋습니까?"

그러자 빌포르가 나섰다.

"그런 일은 없을 겁니다. 아버님은 제가 그 유언을 그대로 지키리라는 것을 잘 아시고 계십니다."

그 말을 듣고 노인의 눈이 빛났다. 빌포르는 공증인에게 노인 뜻대로 하라는 말을 남기고 아내와 함께 밖으로 나갔다.

즉석에서 「유언장」이 작성되었다. 「유언장」은 여럿이 보고 있는 가운데 봉인이 되었고 공증인 데상 씨가 자신이 보관하기 위해 서류를 가지고 나갔다.

빌포르와 당글라르 부인의 비밀

오퇴유에 있는 몽테크리스토 백작의
집은 겉보기에는 지극히 평범했다. 백작이 집사 베르투치오
에게 집의 외양은 조금도 변화시키지 말 것을 엄명했기 때문
이었다. 하지만 안으로 들어가면 모든 것이 확 달라졌다. 단
사흘 만에 일어난 요술 같은 변화였다.

우선 황량하기만 하던 정원에 나무를 가득 심었다. 또한 앞
마당은 드넓은 카펫처럼 잔디를 깔았다. 그러나 정원의 본래
모습을 조금도 훼손하지 않도록 각별히 신경을 썼다. 20년 동
안이나 아무도 살지 않아 음산하기만 했던 집은 단지 며칠 만
에 생기가 돌았다. 정원에는 정답게 사람을 맞는 개들이 있었

으며 새들이 즐겁게 지저귀고 있었다.

황량하던 집은 당장에 화려한 궁전처럼 변했고 많은 하인들이 그 궁전 안에서 오가고 있었다. 안으로 들어가면 서재가 있었으며 서재에는 약 2,000권의 책들이 두 개의 책장에 꽂혀 있었다. 도서실과 마주 보이는 반대쪽에는 온실이 있어 온갖 진기한 꽃들이 자태를 뽐내고 있었으며, 온실 한가운데에는 당구대가 놓여 있었다.

5시 정각이 되자 백작이 알리와 함께 이 저택에 도착했다. 마차에서 내려 뜰을 둘러본 백작은 이렇다저렇다 말 한 마디 없이 정원을 한 바퀴 돌았다. 백작이 이 집에서 만찬을 열기로 하고 사람들을 초대한 날이었다. 하지만 알베르 가족은 초대하지 않았다. 그는 며칠 전 미리 알베르를 만나 그와 그의 부모들은 초대하지 않겠다고 말해두었다. 그 자리에 알베르 가족을 초대하면 무슨 결혼 상담 같은 모임의 느낌이 들 수도 있으니 알베르의 어머님이 언짢게 여길 수도 있다는 핑계를 댔다. 모르세르 부인, 그러니까 메르세데스는 알베르와 외제니 사이에 오가는 혼담을 탐탁지 않게 여기고 있었던 것이다. 알베르는 어머니와 함께 바닷바람이나 쐬러 며칠 파리를 떠나 있겠다며 백작의 뜻을 받아들이겠다고 했다.

6시 정각이 되자 마차 소리가 문 밖에서 들렸다. 막시밀리앙 모렐이 도착한 것이었다. 그는 쥘리와 엠마뉘엘의 안부를 전했다. 이어서 드브레와 당글라르 남작 부부가 도착했다. 그들과 함께 샤토 르노도 왔다. 당글라르 부인은 마치 무엇을 탐색이라도 하듯이 재빠르게 주위를 둘러보았다. 몽테크리스토 백작은 부인의 그 모습을 놓치지 않고 눈여겨보았다.

그들이 인사를 나눈 후 이런저런 잡담을 하고 있는데 충실한 하인 바티스탱이 와서 알렸다.

"바로톨로메오 카발칸티 소령, 안드레아 카발칸티 백작께서 도착하셨습니다."

방금 재단사로부터 넘겨받은 멋진 군복에 수염을 깎고 반백의 콧수염을 한 소령은, 세 개의 훈장과 십자 훈장 다섯 개를 달고 있는 나무랄 데 없이 완벽한 노군인이었다. 그의 옆에는 역시 멋진 새 옷을 입은 안드레아 카발칸티 백작이 입가에 미소를 띠고 있었다.

당글라르가 몽테크리스토 백작에게 물었다.

"저분들은 어떤 분들이지요?"

"아, 이탈리아 귀족들에 대해서는 잘 모르시는 게 당연하지요. 저분들은 카발칸티 가문의 귀족들입니다. 왕가의 혈통이지요."

"재산도 많은가요?"

"굉장하지요. 그렇지 않아도 이틀 전 저를 만나더니 당신 은행에 대한 신용장을 갖고 있다고 하더군요. 실은 당신을 염두에 두고 저분들을 초청한 겁니다. 제가 소개해드리지요."

백작은 유심히 당글라르의 표정을 살폈다. 그는 표정이 어두워보였다. 백작이 시치미를 떼고 부인에게 물었다.

"남작께서 기분이 별로 안 좋아 보이시네요."

부인이 대답했다.

"아마 주식으로 손해를 봐서 그럴 거예요."

당글라르는 스페인의 돈 카를로스 왕이 카탈루냐를 탈출해서 스페인으로 귀국, 반란을 도모하고 있다는 소식을 미리 듣고 공채를 모두 팔았다. 그가 공채를 다 판 후에 실제로 그런 일이 있었다는 신문 기사가 났고 공채는 곤두박질했다. 당글라르는 가슴을 쓸어내렸다. 하지만 곧 오보임이 밝혀지고 주가는 다시 오르는 바람에 당글라르는 고스란히 70만 프랑의 손해를 보았다. 독자들은 벌써 눈치를 챘을 것이다. 독자들이 지루해할까봐 자세한 내용은 생략하거니와, 당글라르를 향한 백작의 복수의 전초전이었다. 잘못된 소식을 미리 당글라르가 알게 하고 그것이 보도되기까지 몽테크리스토 백작의 치밀한 계략이 있었던 것이다.

그들이 이런 이야기를 나누고 있을 때 바티스탱이 외쳤다.

"빌포르 씨 부처이십니다."

바티스탱의 말대로 빌포르 부부가 안으로 들어섰다. 몽테크리스토 백작은 빌포르 씨와 악수를 하면서 그 손이 가볍게 떨리는 것을 느꼈다. 몽테크리스토 백작은 빌포르 씨가 무언가 감정을 억누르려 애쓰고 있음을 알 수 있었다. 당글라르 부인은 빌포르에게 미소를 지어 보인 후 빌포르 부인에게 입을 맞추었다.

그 모습을 보고 백작은 생각했다.

'그래, 남자들과 달리 여자들은 감정을 감출 수 있는 법이지.'

손님들이 모두 오고 한 차례 인사가 끝나자 백작은 베르투치오가 부엌에서 일을 지휘하다가 막 살롱으로 들어서려는 것을 보았다. 백작은 얼른 밖으로 나가 베르투치오 앞에 섰다.

백작을 보자 베르투치오가 물었다.

“백작님, 손님이 모두 몇 분이지요?”

“자네가 직접 세어보게. 이제 모두 오셨으니.”

베르투치오는 살롱 문을 살짝 열고 그 틈으로 안을 들여다 보았다. 그러더니 갑자기 눈이 휘둥그레졌다.

“오오, 백작님! 저 여자예요……. 바로 저 여자…….”

“누구 말인가?”

“저기 저 금발의 여자 말이에요. 흰 드레스에 다이아몬드를 잔뜩 단 저 여자…….”

“당글라르 부인 말이로군. 그래, 그 여자가 어쨌다는 건가?”

“그래요, 후원에 있던 여자! 임신해서……. 누군가 기다리며 초조하게 왔다갔다 하던 그 여자!”

“누굴 기다렸단 말인가?”

베르투치오는 말은 못 하고 손가락으로 빌포르를 가리켰다.

“오! 오! 보이십니까? 저 사람 유령이 아닌가요? 제가 죽인 줄 알았는데…….”

“자네, 도대체 무슨 소리를 하고 있는 건가? 미쳤나? 무슨 악몽을 꾸고 있는 거겠지. 자, 쓸데없는 소리 집어치우고 손님

수나 세어보게.”

베르투치오는 바르톨레메오 카발칸티까지 여덟을 센 후에 안드레아 카발칸티로 시선을 돌리더니 깜짝 놀랐다. 그는 소리를 지르려다가 백작과 눈이 마주치자 입안으로 소리를 삼키고 나지막이 말했다.

‘오, 베네데토가! 어찌 이럴 수가!’

시계가 6시 반을 울렸다. 백작은 베르투치오를 그대로 놔둔 채 다시 손님들이 기다리고 있는 살롱으로 돌아왔다. 베르투치오는 후들거리는 걸음걸이로 겨우 벽에 몸을 기대며 식당으로 돌아갔다.

5분 후 응접실 문이 열리고 베르투치오가 나타나 말했다.

“식사 준비가 다 되었습니다.”

몽테크리스토 백작은 빌포르 부인에게 팔을 내밀며 빌포르에게 말했다.

“검사님께서는 당글라르 남작 부인을 부축해주시면 좋겠습니다.”

빌포르는 잠자코 백작의 말을 따랐다. 태연한 표정이었지만 뭔가 망설이는 기색이 감돌고 있는 것을 백작은 놓치지 않고 보았다.

식당으로 가면서 손님들은 모두 무언가 비슷한 기분에 사로잡혀 있었다. 무언가 기이한 힘에 의해 이 집에 모이게 된 것 같았다. 무언가 놀랍기도 하고 불안하기도 했다. 하지만 이곳에 안 왔더라면 좋았을 것이라고 생각하는 사람은 없었다.

당글라르 부인은 백작의 권유로 빌포르 씨가 자기의 팔을 잡으러 오는 것을 보고 움찔했다. 빌포르 역시 부인의 팔을 잡으면서 가볍게 눈가가 떨렸다. 백작은 두 사람의 이런 모습을 하나도 놓치지 않고 주시했다. 그렇게 짝을 지어놓는 것만으로도 충분히 흥미로운 볼거리였다.

모두 식탁 주변에 앉았다. 빌포르 씨의 오른쪽에는 당글라르 부인이 왼쪽에는 막시밀리앙 모렐이 앉았다. 백작은 빌포르 부인과 당글라르 남작 사이에 자리 잡았다. 그리고 드브레는 카발칸티 부자 사이에, 샤토 르노는 빌포르 부인과 모렐 사이에 자리를 잡았다.

식탁은 기가 막힐 정도로 풍성했다. 완벽한 동방식 성찬으로서 마치 선녀들을 위한 식탁이라고 말할 수 있을 정도였다.

모두 입을 벌릴 수밖에 없었다. 백작이 껄껄 웃으며 말했다.

"여러분도 제가 해드릴 말씀을 인정해주시리라 믿습니다. 재산이 어느 정도에 이르게 되면 오로지 할 일은 낭비밖에 없다는 사실 말입니다. 제 필생의 목적은 오로지 두 가지뿐입니다. 눈에 보고도 믿을 수 없는 것들을 실제로 볼 수 있게 되는 것, 도저히 제 손에 넣을 수 없으리라 여겨지는 것을 제 손에 넣는 것, 바로 이 두 가지입니다. 저는 제 재산과 의지로서 그 목표를 이루면서 살고 있습니다.

그 목표를 이루기 위한 제 열정은 여러분이 여러분 하시는 일에서 발휘하는 열정과 다를 바가 하나도 없습니다. 예를 들면, 당글라르 씨가 철도 노선을 새로 만들기 위해 발휘하는 열정, 빌포르 씨가 인간을 벌주기 위해 발휘하는 열정, 드브레 씨가 하나의 왕국을 평정하려 할 때 발휘하는 열정과 같습니다. 샤토 르노 씨가 한 여자의 마음을 사로잡기 위해 발휘하는 열정, 모렐 씨가 아무도 등에 오를 엄두도 못 내는 말을 타고 싶어 할 때의 열정과도 다를 바 없지요.

오늘 여러분의 식탁에 오르게 된 두 종류의 물고기도 바로 그런 열정의 결과입니다. 그중 한 놈은 상트페테르부르크에서

15킬로미터 떨어진 곳에서 잡아온 것입니다. 또 한 놈은 나폴리 근처 바다에서 태어난 놈이고요. 그것들을 이렇게 한 식탁 위에 올린다는 것, 정말 재미있지 않습니까? 저는 그놈들을 산 채로 가져와 요리해서 여러분 식탁에 내놓은 것입니다.”

그가 가리킨 물고기는 철갑상어와 칠성장어였다. 파리에서는 도저히 손에 넣기 어려운 물고기들이었다.

그러자 샤토 르노가 말했다.

“정말 놀랍습니다. 그 진귀한 물고기들을 산 채로 가져오시다니! 하지만 제가 더 놀라운 것은 이 집의 변화입니다. 이 집을 사신 지 1주일밖에 안 되셨지요?”

“그렇습니다.”

“그런데 그사이에 집이 이렇게 몰라보게 변하다니! 제 기억대로라면 분명히 입구는 다른 곳에 있었습니다. 아무것도 없던 앞뜰에 어느새 잔디가 깔리고 100년도 더 된 것 같은 고목들이 정원을 둘러싸고 있다니.”

그러자 백작이 대답했다.

“제가 나무와 그늘을 좋아하기 때문이지요.”

그러자 이번에는 빌포르 부인이 말했다.

“정말이에요. 전에 백작님이 저를 구해주시던 날도 한길에 난 문을 통해 들어왔는데요, 문이 다른 쪽으로 나 있네요.”

“그렇습니다, 부인. 문을 통해서 불로뉴 숲을 내다보고 싶어서요.”

그러자 샤토 르네가 말을 받았다.

“정말 헌 집을 완전히 새집으로 만들어놓으셨어요. 정말 기적 같은 일입니다. 전에 굉장히 낡은 집이었거든요. 음산하기까지 했어요. 2~3년 전인가 제가 한 번 와본 적이 있습니다. 생 메랑 씨가 이집을 내놓자 제 어머니가 한번 가보라고 하셨거든요.”

그러자 빌포르 부인이 말을 받았다.

“생 메랑 씨요? 그렇다면 백작께서 이 집을 사시기 전에는 생 메랑 씨 소유였다는 말씀이신가요? 백작님 맞아요?”

백작이 점잖게 대답했다.

“저야 알 수 없는 일이지요. 그런 사소한 일들은 모두 집사가 처리하고 저는 지시만 할 뿐이니까요.”

그러자 샤토 르노가 다시 말했다.

“이 집에 사람이 살지 않은 게 10년은 넘었을 겁니다. 참 쓸

쓸한 집이었지요. 이 집이 빌포르 검사님 장인의 집이었기 망정이지, 만일 그렇지 않았다면 무슨 끔찍한 일이 일어났던 흉가라는 소문이 났을지도 모릅니다."

그러자 그동안 앞에 놓인 포도주 잔에 손도 대지 않고 있던 빌포르가 잔을 들더니 단숨에 죽 들이켰다. 그러고는 억지웃음을 띠며 말했다.

"이 집은 제 장인이시던 생 메랑 후작의 손녀, 그러니까 제 딸 발랑틴의 지참금 중 하나였지요. 아마 더 망가지기 전에 팔려고 내놓았을 것입니다."

이런저런 이야기들을 나누는 사이 식사가 끝났다. 그러자 백작이 말했다.

"사실 이 집에는 제 시선을 끄는 방이 하나 있습니다. 겉보기엔 다른 방과 다를 바 하나도 없는데 웬일인지 좀 드라마틱해 보였어요. 저도 왜 그런지 설명드리기는 어렵습니다. 무언가 은밀한 일이 벌어졌던 것 같은 육감을 느끼게 하거든요. 꼭 데스데모나의 방을 연상시킨답니다. 셰익스피어의 『오셀로』에서 남편 오셀로의 손에 의해 죽은 그 여자의 방 말입니다. 자, 식사들도 다 하신 것 같으니 제가 그 방을 보여드리겠습니다. 그런 후 후원으로 내려가 커피를 들지요.”

백작이 자리에서 일어나자 모두들 자리에서 일어났다. 그러나 두 명은 마치 못이 박힌 듯 제 자리에서 꼼짝도 하지 못했으니, 바로 빌포르와 당글라르 부인이었다. 그들은 싸늘하게 얼어붙은 채 은밀히 눈길을 나누었다. 당글라르 부인이 나지막이 말했다.

“들으셨어요?”

“어쨌든 따라가야 해.” 빌포르는 부인에게 팔을 내밀며 대답했다.

사람들은 흩어져 이 방 저 방 구경했다. 백작은 늦게 나온 두 사람을 기다렸다. 이윽고 모두 백작이 말한 방에 들어섰다. 백작의 말이 있어서인지 모르겠지만 무언가 불길한 느낌을 주는 것 같았다.

“아유, 왜 이렇게 무시무시한 기분이 들지요?”라고 빌포르 부인이 말하자 백작이 그 말을 받았다.

“저도 가끔 그런 생각이 듭니다. 이 침대를 보세요. 이상한 위치에 놓여 있지 않나요? 게다가 커튼 색깔은 꼭 핏빛 같지 않습니까? 또 여기 초상화 두 장을 보세요. 저 창백한 입술과 무섭게 생긴 눈을 보세요. 마치 '나는 다 보았다'라고 말하는 것 같지 않은가요?"

백작의 그 말에 빌포르의 얼굴이 창백해졌고 당글라르 부인은 벽난로 옆의 소파에 털썩 주저앉았다. 그러자 빌포르 부인이 당글라르 부인에게 장난기 섞인 목소리로 말했다.

"어머, 용기도 대단하셔라. 어쩌면 살인이 일어났을지도 모르는 의자에 그렇게 앉으실 수 있다니."

당글라르 부인은 혼비백산한 듯 자리에서 벌떡 일어났다. 드브레도 부인이 동요하는 것을 분명히 알아볼 수 있을 정도였다.

백작은 보일 듯 말듯 야릇한 미소를 입가에 띠면서 계속 말했다.

"여기 좀 보세요. 이상한 계단이 있어요."

백작은 커튼 뒤에 숨겨진 작은 문을 열었다. 그 아래로는 나선형 계단이 나 있었다.

"어떠세요? 뭔가 그림이 하나 그려지지 않나요? 소나기라도 퍼부을 것 같은 어두운 밤, 누군가가 무거운 것을 들고, 행여 누가 볼까 사람들 눈을 피해 하나씩 하나씩 계단을 내려가는 모습!"

당글라르 부인은 빌포르의 팔에 매달리다시피 한 채 거의 넋이 나가 있었고 빌포르 역시 벽에 몸을 기대지 않고는 그 자리에서 쓰러질 것 같았다.

드브레가 당글라르 부인을 보고 말했다.

"아니, 부인! 어쩐 일이십니까? 안색이 너무 안 좋으십니다."

당글라르 부인 대신 빌포르 부인이 대답했다.

"백작께서 너무 무서운 이야기를 해주셔서 그렇지요."

그러자 백작이 그 말을 받았다.

"제가 순전히 상상 속에서 지어낸 이야기니까 너무 무서워 마세요. 저는 이 방을 보며 다른 상상도 한답니다. 이 방이 그 렇게 무서운 방이 아니라 반대로 선량한 어머니의 방일 수도 있다고 상상하는 거지요. 그렇다면 저 계단은 의사나 간호사 가 산모를 깨우지 않으려고 조심조심 오르던 계단이라고 볼 수도 있지 않은가요? 또는 아기를 몸소 안은 아기 아버지가 조심스레 드나들던 방이라고 할 수도 있고요."

백작이 그 방을 그렇게 부드럽게 묘사하자 당글라르 부인 은 완전히 정신을 잃고 말았다. 그러자 빌포르 부인이 약병을 꺼내더니 당글라르 부인의 입술에 붉은색 물약을 한 방울 떨어뜨렸다. 몽테크리스토 백작이 보내준 처방전대로 그녀가 지은 약이었다. 당글라르 부인은 곧바로 정신이 들었다. 모두 그녀의 남편 당글라르를 찾았다. 건물 안을 둘러보는 일에는 전혀 관심이 없는 그는 후원에서 카발칸티 소령과 리보르노와 피렌체 간의 철도 이야기를 나누고 있었다.

백작은 미안한 표정을 지으며 당글라르 부인을 부축해서 후원으로 나갔다. 그가 부인에게 말했다.

"정말 무서우셨습니까?"

그러자 곁에 있던 빌포르가 대답했다.

"그렇지요. 아무리 지어낸 이야기라도 여자들은 사실로 믿기 쉬우니까요."

그러자 백작이 말했다.

"그런데 저는 자꾸 이 집에서 무슨 범죄가 일어난 것 같다는 생각이 든단 말입니다."

그러자 빌포르 부인이 말했다.

"말씀 조심하셔야 할 거예요. 백작님 눈앞에 바로 검사가 있으니 말이에요."

“아, 그렇군요. 내가 그 생각을 못했지? 오히려 잘된 일이
네요. 검사님, 제가 검사님께 고발을 하나 해야겠습니다.”

빌포르가 놀라서 물었다.

“고발이라니요?”

“정말로 범죄가 있었습니다. 자, 따라 오십시오.”

백작이 앞장서자 모두 뒤를 따랐다. 백작은 빌포르의 팔목
을 잡고 당글라르 부인의 팔을 낀 채 플라타너스 그늘 밑으로
데려 갔다.

그곳에 이르자 백작이 말했다.

“자, 바로 이곳입니다.”

그는 땅을 발로 굴렀다.

“이 나무들이 죽을 것 같아서 일꾼들에게 땅을 파고 비료를
심어주게 했습니다. 그런데 땅을 파던 일꾼들이 쇠로 된 금고
를 하나 발견했습니다. 그런데 그 안에서 갓난애의 뼈가 분명
한 것이 나오는 게 아니겠습니까. 이건 지어낸 이야기가 아니
라 사실입니다.”

백작은 당글라르 부인의 얼굴이 사색이 되고 빌포르의 팔
이 부들부들 떨리는 것을 분명히 볼 수 있었다. 잠시 넋을 잃

은 표정이었던 빌포르가 겨우 힘을 내어 말했다.

"하지만 그게 범죄인 것을 어떻게 안단 말입니까?"

"산 채로 아이를 묻으면 범죄가 아닌가요? 죽은 아이라면 여기 묻을 리가 없지요. 여기가 무덤도 아닌데. 영아를 살해하면 단두대로 가야 하지요? 그렇지요, 검사님?"

"그렇습니다"라고 빌포르가 대답했다. 하지만 살아 있는 사람의 목소리 같지 않았다.

백작은 자신이 마련했던 연극을 이제 그칠 때가 되었다고 생각했다. 더 이상 진행했다가는 그들이 감당하기 어려우리라는 게 뻔했고 그건 그가 바라는 바가 아니었다. 백작은 큰 소리로 말했다.

"자, 이제 커피를 드십시다."

백작이 빌포르 부인에게 가는 사이 기회를 봐서 빌포르가 당글라르 부인에게 귓속말을 했다.

"할 이야기가 있소."

"언제요?"

"내일 내 사무실에서."

빌포르와 당글라르 부인이 만나서 무슨 이야기를 나눌 것
인지 독자들은 정말 궁금할 것이다. 하지만 그전에 우리는 당
글라르 부부에게도 눈길을 한번 주어야겠다. 우리의 흥미를
끌만한 대화를 그들이 나누었기 때문이다.

백작의 집에서 나온 드브레는 당글라르의 집으로 가서 당글
라르 부인을 만났다. 독자들이 이미 짐작하고 있겠지만 둘은
연인 사이였다. 드브레는 당글라르 부인을 달래주기 위해 그
집으로 간 것이었다. 당글라르는 집에 없었고 부인만 있었다.

드브레가 부인에게 부드러운 말을 하며 위로를 건네고 있
는데 뜻밖에 획 하고 문이 열렸다. 당글라르가 나타난 것이다.
드브레는 부인에게 책을 읽어주는 척했다. 그런데 당글라르가
뜻밖의 말을 했다.

"당신, 너무 늦은 시각까지 책을 읽다가는 몸이 못 견딜 거
요. 벌써 11신데. 게다가 드브레 씨는 집이 멀지 않소?"

드브레는 어리둥절했다. 당글라르의 말투가 너무 침착한
것도 놀라운 일이지만 자기와 부인의 만남에 대해서는 일체
관여를 안 해온 평소 모습과 달랐기 때문이다. 드브레는 뭐라
고 두어 마디 중얼거린 뒤 밖으로 나갔다. 드브레가 밖으로 나

가자 당글라르 부인이 말했다.

"여보, 오늘 아주 발전한 모습을 보이시는구려. 이제 아주 용감해지셨네. 남편의 권리를 내세우시는 건가요?"

당글라르는 부인을 거들떠보지도 않고 말했다.

"오늘 내가 기분이 별로 좋지 않아서 그래. 난 스페인 공채에서 70만 프랑이나 손해를 보았어."

"아니, 그 책임이 나한테 있다는 말이에요?"

"그럼 아냐?"

"무슨 소리예요? 왜 갑자기 그걸 저에게 뒤집어씌우는 거예요?"

"내, 찬찬히 얘기해주지. 4월에 당신이 내무대신 집에 초대받았지. 거기서 돈 카를로스 추방계획을 엿들었다고 하며 내게 알려주었잖아. 그 덕분에 난 스페인 공채를 사서 60만 프랑을 벌었고. 난 그중 당신에게 4분의 1인 15만 프랑을 떼주었어. 당신 덕에 돈을 벌 때마다 난 4분의 1을 떼주었단 말이야.

그런데 사흘 전 당신은 드브레와 정치 이야기를 하다가 돈 카를로스가 스페인으로 돌아올 것이 확실하다는 이야기를 했어. 그 소리를 듣고 나는 내 주식을 모두 처분했어. 당신 때문에 70만 프랑을 잃은 거야. 돈을 벌 때마다 4분의 1을 주었으니 이번에는 70만 프랑의 4분의 1인 17만 5,000프랑을 내게 주어야겠어. 돈이 없으면 당신 친구인 드브레 씨에게 빌려오라고. 당신 즐기라고 집에 드나들게 한 대가가 70만 프랑 손실? 난 계속 그렇게는 못 해!"

"아니, 그렇다면 드브레 씨에게 달라고 해야지 왜 내게 달라고 해요?"

"드브레? 난 그자는 잘 알지도 못해. 당신 정말 이럴 거야? 파리 여자들은 정말 대단해. 남편 모르게 두세 가지 잘못은 얼마든지 저지를 재주를 가지고 있다고 믿고 있으니. 나한테 들키지 않으리라고 생각했던 거야? 그따위 시시콜콜한 일에 관심이 없어서 모른 체해온 것뿐이야. 난 당신이 무슨 짓을 하는지 속속들이 다 알고 있어. 내가 다 속아넘어가는 줄 알았지? 내가 모르는 체했더니 빌포르나 드브레나, 어느 한 놈도 내게 이 집의 가장 대접을 안 해주더군. 난 당신이 나를 미워하는 건 용서하겠지만 나를 바보 취급하는 건 용서할 수 없어."

남편의 입에서 빌포르의 이름이 나오자 여자의 안색이 변하더니 벌떡 자리에서 일어났다.

"빌포르 씨라니요? 왜 그 이름은 입에 담는 거지요?"

"흥, 내가 모를 줄 알고? 당신 전 남편 나르곤 씨는 나처럼 은행가도 아니고 철학자도 아니었지. 뭐 둘 다였다고 해도 상관없어. 그래, 상대방이 검사라서 어쩔 수 없었나? 휴가 갔다 오니 자기 마누라가 임신 6개월인 걸 알고 속이 상해서 죽어? 암튼 그 때문에 그 사람은 죽은 거야. 하지만 나는 달라. 나는 좀 사나운 사람이야. 나도 내가 사납고 난폭하다는 건 잘 알아. 게다가 나는 그걸 아주 자랑스러워하고 있어. 그 덕분에 사업에 성공할 수 있었으니까. 당신 전 남편이 왜 연적을 못 죽이고 자기가 죽은지 알아? 돈이 없었기 때문이지. 하지만 난 돈이 있어. 난 그렇게 쉽게 당하지 않아.

그 이야긴 그만하지. 어쨌건 드브레 군 때문에 나는 70만 프랑을 손해봤어. 나는 그를 동업자나 마찬가지로 치겠어. 내가 말한 금액을 그가 책임지게 만들어. 안 그러면 그를 아예 파산시켜버리고 말 거야."

당글라르 부인은 정신이 하나도 없었다. 그녀는 의자에 주저앉았다. 당글라르는 그녀를 쳐다보지도 않은 채 자기 방으로 갔다.

이튿날 12시 반경에 당글라르 부인은 마차를 타고 집을 나섰다. 우리는 곧장 당글라르 부인을 뒤쫓기 전에 잠시 당글라르를 뒤따라가보기로 하자.

당글라르는 오후 2시에 몽테크리스토 백작을 찾아 샹젤리제 30번지로 갔다. 그는 자기 딸 외제니와 모르세르의 아들 알베르와의 결혼을 탐탁지 않게 여기고 있었다. 그는 내심 안드레아 카발칸티를 염두에 두고 있었다.

백작은 집에 있었다. 백작과 당글라르는 이 세상의 부자들에 관해 이야기를 나누었다. 당글라르는 은근히 카발칸티가문의 재산에 대해 물어보았다. 백작이 대답했다.

"글쎄요. 정확히는 모르지만 나는 어음에 그 사람 서명만 있다면 당장 1,000만 프랑 정도는 내줄 겁니다. 총액 5,000만 프랑 정도는 가진 부자로 알고 있으니까요. 저처럼 1억 프랑 이상 가져야 일류 부자로 칠 수 있다면 그는 이류 부자는 되는 셈이지요."

당글라르는 침을 꿀꺽 삼켰다. 그리고 아무렇지도 않다는 듯 말했다.

"이탈리아 귀족들은 신분이 비슷한 사람들끼리만 결혼을

한다지요?”

“일반적으로는 그렇지요. 하지만 카발칸티 집안은 남들이 뭐라 하건 개의치 않는 전통이 있습니다. 심지어 뭔가 남들과는 다르게 행동하려 하기도 하지요. 아들을 결혼시키려고 프랑스로 보낸 걸 보면 알 수 있잖습니까?”

그러자 당글라르는 침을 꿀꺽 삼키며 정말로 궁금한 것을 물었다.

“결혼시키려고 파리로 보냈다고요? 이탈리아 사람들은 자식을 결혼시키면서 재산을 나누어 주나요?”

“그때그때 다르겠지요. 하지만 안드레아가 결혼하려는 색시가 그 친구 아버지 마음에 들게 되면 상당한 재산을 줄 건 틀림없습니다. 만일 그 색시가 은행가의 딸이라면 십중팔구 그 은행과 거래를 틀 겁니다. 이거 제가 지레짐작인지 모르겠는데, 혹시 안드레아를 사위로 맞이하실 생각이 있으신 거 아닌가요? 그렇지 않고서야 어찌 그런 질문을……. ”

“솔직히 말씀드리자면 그렇습니다.”

“알베르 군은 어쩌시고요? 돈이 그리 많지는 않아도 가문은 아주 훌륭해 보이는데요. 모르세르가라면 카발칸티가에 못

지않을 것 같은데요."

"백작님, 백작님을 믿고 말씀드립니다. 실은 그 사람 이름은 모르세르가 아니었습니다."

"설마!"

"저는 태어날 때부터 남작은 아니었지만 제 이름은 분명 당글라르였습니다. 하지만 저는 당당한 남작입니다. 세상이 저를 남작으로 만들어주고 인정해주었으니까요. 하지만 그 사람은 저 혼자 백작 행세를 하는 사람입니다. 그 사람이 백작이라고요? 자기 손으로 슬쩍 만든 백작도 백작인가요? 그 사람은 백작은커녕 아무것도 아닙니다."

"설마 그럴 리가!"

"그는 본래 페르낭이라는 어부였습니다. 페르낭 몬데고요."

"그래요? 그러고 보니 들어본 이름 같기도 하네요. 그래요, 제가 그리스에 갔을 때 그 이름을 들어봤습니다."

"알리 파샤 사건 때였지요?"

"맞습니다."

"정말 수수께끼 같은 사건입니다. 그 내막만 알면 쉽게 파혼할 수 있을 텐데……."

"별로 어렵지 않을 텐데요."

"아니, 어떻게?"

"남작께선 그리스에 거래처가 있지요?"

"물론이지요."

"그러면 자니나에도 있습니까?"

"어디나 다 있습니다."

"그렇다면 자니나에 있는 아는 분께 편지를 보내십시오. 알리 테베린, 즉 알리 파샤가 몰락했을 때 페르낭이라는 프랑스 사람이 한 일을 알려달라고 하면 될 것 아닌가요?"

"그렇군요!" 당글라르는 일어나서 환호성을 질렀다.

"오늘 당장 편지를 쓰겠습니다."

그러자 백작이 되물었다.

"좀 이상한 답이 오는 경우에는?"

"물론 백작께 알려드려야지요."

당글라르는 방을 뛰쳐나가더니 한걸음에 마차로 갔다.

이제 우리의 눈길을 당글라르 부인에게로 옮겨보자.

당글라르 부인은 베일과 밀짚모자로 얼굴을 가리고 도피

네 광장을 지나 재판소 안으로 들어갔다. 빌포르 씨의 응접실에는 방문객들이 북적이고 있었다. 부인의 모습을 본 수위가 검사님과 약속한 부인이냐고 묻더니 곧장 빌포르의 집무실로 안내했다.

빌포르는 부인에게 앉으라고 권한 후 말했다.

"사람이 한 짓은 언제고 흔적을 남기는 모양이오. 우리가 한 짓의 흔적이 모래 위 뱀이 지나간 자국처럼 저렇게 남아 있으니."

"저는 정말 불안해요. 어떻게 하면 좋을지 모르겠어요."

"나도 피고석에 서 있는 것 같은 기분이 드오."

"당신이? 당신이 두려워하는 흔적이란 건 정열 있는 젊은이였다는 표시 아닌가요? 남자들은 그걸 오히려 자랑스러워하지 않나요? 남자들이 가진 그 흔적은 세상이 다 용서해주지 않나요? 여자들만 용서를 받지 못할 뿐이지……."

"부인, 난 그 정도 위선자는 아니오. 정열에 의해 실수한 것을 지금은 후회하오. 암튼, 어제 부인 정말 고생 많았소. 두 번이나 쓰러질 뻔했으니. 그러나 이런 이야기를 하자고 부인을 부른 건 아니오. 이걸로 끝난 게 아니니 정신 바짝 차려야 하오."

“오, 끝난 게 아니라니요! 또 무슨 일이 있을 수 있단 말인
가요?”

“우리의 미래는 아주 어두컴컴할지도 모르오. 어쩌면 피를
흘려야 할지도 모르고. 그리고 우리의 과거가 이렇게 드러난
것은 결코 우연이 아니오.”

“우연이 아니라고요? 그렇다면, 그렇다면! 몽테크리스토
백작이 그 집을 산 게 우연이 아니란 말이에요? 그 불쌍한 어
린 것의 시체가 거기서 나온 것도 우연이 아니란 말이에요?”

“절대로 우연이 아니오. 내가 지금부터 무서운 이야기를 해
줄 테니 놀라지 마십시오. 부인, 사실은 나무 밑에서 어린애
시체 같은 건 나오지도 않았어요. 그러니 슬퍼서 울 필요는 없
어요. 오히려 두려워해야 합니다.”

“아니 그게 무슨 말씀이세요. 그 어린 것을 거기에 묻지 않
았다는 말씀인가요? 그럼 왜 절 속이셨죠? 도대체 무슨 이유
로? 어서 말씀해주세요.”

“그날 생각나지요? 그 무서운 밤! 난 숨 가쁘게 해산을 기
다리고 있었지요. 마침내 애가 태어나서 내가 받아보았지요.
아이가 울지도 않고 숨도 쉬지 않아 우리는 아이가 죽은 줄만

알았지요.

나는 그 어린 것을 금고에 넣어 뒤뜰로 나갔지요. 나는 구덩이를 파고 그것을 얼른 묻고 흙을 덮었소. 그런데 막 흙을 다 덮으려는 순간 누군가가 내 눈앞에 불쑥 나타났소. 동시에 뭔가 번쩍하는 것 같더니 나는 그 자리에 쓰러졌소. 당시 나는 그대로 죽는 줄 알았소. 나는 겨우 정신이 들어 다 죽은 몸을 계단까지 끌고 갔지. 당신도 힘든 몸이면서 유모와 함께 거기까지 마중 나와 있었던 것 기억나지요? 우리는 아무 이야기도 할 수 없었고 나는 결투로 다쳤다고 둘러댈 수밖에 없었던 거요. 그 후 나는 남프랑스로 가서 6개월간 요양을 해야 했소. 나중에 파리로 돌아와서야 미망인이 된 당신이 당글라르 씨와 결혼했다는 것을 알게 된 거요.

나를 공격한 사람은 코르시카 출신 남자였소. 그는 전에 무슨 사건으로 내게 앙심을 품었던 자요. 파리까지 나를 뒤쫓아 온 사람이지. 그가 뒤뜰에 숨어 있다가 내가 구덩이에 애를 묻는 걸 다 본 거요. 나는 파리로 돌아온 후 다시 아이를 묻은 곳을 파보았소. 그 집에 아무도 살고 있지 않았기에 문제가 없었소. 그러나 아무리 파보아도 아무것도 나오지 않았소. 그 금고가 없어진 거요. 그 사나이가 가져간 거요.”

“오, 죽은 아이를 왜 가져갔을까요?”

“정말이요. 나는 곰곰이 그 생각을 해보았소. 만일 시체를 가지고 나갔다면? 그렇소. 그 사내는 나를 고발했을 거요. 사건을 조사하도록 했을 거요. 그런데 1년이나 아무 소식이 없다는 건⋯⋯.”

“그게 무슨 말씀이세요?”

“우리에겐 더 위험한 일이 일어난 겁니다. 그놈이 그 아이를 살려낸 겁니다.”

당글라르 부인은 무서운 소리를 냈다.

“맙소사! 그 아이가 살아 있다고요? 그럼 당신이 땅에 묻었던 아이는! 오, 하느님! 살아 있는 애를 묻었던 거란 말이에요! 가엾은 우리 아이를!”

빌포르는 모성의 부르짖음이 사라지기를 조용히 기다렸다가 말했다.

“이제 우리는 망한 거요. 그 애는 살아 있소. 게다가 누군가가 우리의 비밀을 모두 알고 있소. 그는 바로 몽테크리스토 백작이오.”

“하지만, 그 애는, 그 애는?”

부인은 집요하게 물었다. 그러자 빌포르가 대답했다.

“내가 얼마나 그 애를 찾았는지 아시오? 밤에는 잠도 못 자고 그 애를 불렀고 어쩌다 잠이 들면 그 애 꿈을 꿨다오. 그 코르시카 놈이 도대체 우리 애를 어떻게 했을까 오만가지 생각을 다해보았다오. 그때 퍼뜩 든 생각이 있었지요. 그리고 한걸음에 고아원으로 달려갔소. 그리고 아이 소식을 들을 수 있었소. 바로 그날 밤, 그러니까 9월 20일 밤에 누군가가 어린애 하나를 고아원 문간에 버렸다는 거요. 남작의 표장과 H자가 씌어 있는 반쪽짜리 고급 천에 싸여 있었다고 했소.”

“맞아요. 내 옷감이에요. 내 이름이 에르민(Hermine)이잖아요. 내 옷감에는 모두 그런 표시가 있었어요, 오, 하느님! 그 아이는 죽지 않았군요. 그런데 그 아이는 어디 있지요?”

“나도 모르오. 내가 그곳을 찾아갔을 때 그 아이는 이미 고아원에 없었소. 여섯 달쯤 전에 어느 부인이 그 천의 나머지 반쪽을 가져와서 찾아갔다는 거요. 증빙서류도 다 갖추고 있어서 내줄 수밖에 없었다고 했소. 그 여자를 찾으려고 백방으로 애썼지만 찾을 수 없었소.

하지만 나는 지금부터 다시 온갖 힘을 다해 그 아이를 찾을 작정이오. 양심 때문만이 아니오. 두려워졌기 때문이오. 그리고 내가 또 한 가지 할 일이 있소. 몽테크리스토 백작이 도대체 어떤 인물인지 알아내야겠소.”

마지막 말을 할 때, 만일 몽테크리스토 백작이 옆에 있었다면 공포에 질려 몸을 떨기라도 할 정도로 무시무시한 어조였다. 그는 마지막으로 부인에게 말했다.

“우리의 관계를 아무에게도 말하지 않았겠지요? 앞으로도 그 누구에게도 말하면 안 되오.”

빌포르는 부인을 문 앞까지 바래다주었다. 부인이 마차에 오르자 마차는 출발했다.

누아르티에 씨의 비밀

　　　　　이틀 후 오전 10시경, 포부르 생토노레가와 페피니에르가를 따라서 장례 행렬이 길게 줄을 지어 가고 있었고 빌포르 씨 집 앞은 많은 사람들로 북적이고 있었다. 장례 마차들 중에는 긴 여행을 한 것 같은 이상한 마차가 한 대 있었다.

　모두 궁금해한 그 마차는 얼마 전에 세상을 떠난 생 메랑 후작의 유해를 싣고 온 마차였다. 생 메랑 후작과 후작 부인의 장례식이 동시에 열린 것이다. 두 구의 유해는 모두 빌포르가 오래 전에 페르 라셰즈 묘지 안에 마련해둔 가족 묘소에 안치하기로 되어 있었다. 사람들은 생 메랑 후작이 죽은 지 얼마

되지 않아 후작 부인도 곧 세상을 떠난 것에 대해 이런저런 말들이 많았다. 후작 부인은 발랑틴의 결혼을 위해 시골의 생 메랑가를 떠나 빌포르의 집에 머물고 있었던 것이다.

장의용 마차를 타고 뒤따르던 보샹, 알베르, 샤토 르노는 거의 돌발적이라고 할 만한 이번 불행에 대해 이런저런 이야기를 나누고 있었다.

샤토 르노가 말했다.

"난 작년에 마르세유에서 생 메랑 후작 부인을 만난 적이 있었다네. 정말 건강하고 원기가 넘쳤는데……. 마치 100년은 더 살 것 같았다네. 그런데 이렇게 갑자기 변을 당하다니……. 연세가 얼마나 되셨지?"

알베르가 대답했다.

"예순여섯이셨지. 프란츠 얘기로는 건강 때문에 돌아가신 건 아니라고 하더군. 남편이 세상을 떠나자 그 충격으로 그렇게 되었다는 거야. 뇌출혈 같다고 하더군. 아니면 돌발성 졸도? 암튼 똑같은 거 아닌가?"

그러자 보샹이 나섰다.

"졸도? 그럴 리 없어. 체구도 작고 야윈 분이 그런 혈관 계통 병을 앓을 리 없어."

그러자 알베르가 말했다.

"후작 부인이 어떻게 죽었건 막대한 유산이 굴러 떨어지게 된 셈이야. 그게 빌포르에게 갈지, 발랑틴 몫이 될지 알 수는 없지만, 발랑틴 몫이 된다면 우리 친구 프란츠에게 가는 거나 마찬가지인 셈이지."

장례식이 성대하게 끝나고 모두 집으로 돌아왔다. 프란츠도 빌포르의 집으로 함께 왔다. 집에 도착하자 빌포르는 곧장 프란츠를 서재로 데려갔다. 그는 그에게 앉으라고 권한 후 말했다.

"지금 이런 이야기를 꺼내는 게 적절하지 않다고 생각할지 모르지만, 고인의 뜻도 있어서 이야기해줄까 하네. 생 메랑 후작 부인께서 임종 시 발랑틴의 결혼을 더 이상 미루지 말라 말씀하셨네. 후작 부인은 자신의 전 재산을 발랑틴에게 주라고 유언을 남겼네."

"하지만 발랑틴이 저토록 슬픔에 잠겨 있는데 지금 결혼 이야기를 꺼낸다는 건……."

"오직 할머니의 뜻을 따르는 거니까 아무 문제없어. 발랑틴

도 반대하지 않을 거네. 원래 사흘 전에 약혼하려던 거 아닌
가? 그러니 준비가 다 되어 있을 거야. 두 분이 갑자기 돌아가
시는 바람에 연기된 거니까, 아예 오늘 해버리지."

그러자 프란츠가 머뭇거리며 말했다.

"하지만 아무래도 상중에는……."

"그건 염려 말게. 우리도 그런 예의는 지킨다네. 약혼 후 발
랑틴을 시골에 있는 생 메랑가로 보낼 예정이라네. 그곳은 이
제 그 애 땅이라네. 거기서 1주일 후에 조용히 법적인 혼례식
만 올리자는 거라네. 고인은 발랑틴이 거기서 혼례식을 치르
길 원하셨다네. 그런 후 자네는 파리로 돌아오고, 발랑틴은 상
복을 벗을 때까지 그곳에 묻혀 있는 제 어미 곁에 있으면 되
는 거지."

프란츠가 동의한 후 말했다.

"한 가지 부탁이 있습니다. 혼인 서약할 때 알베르 드 모르
세르와 라울 드 샤토 르노가 입회했으면 합니다. 절친한 친구
들을 증인으로 내세우고 싶습니다."

빌포르는 흔쾌히 수락하고 공증인을 불러오라고 하인을 보

냈고 프란츠는 30분 후에 친구들과 함께 돌아오겠다며 밖으로 나갔다. 빌포르는 발랑틴에게 사람을 보내 30분 후에는 공증인과 데피네 씨 증인들이 오기로 되어 있으니 그때 객실로 내려오라고 일렀다.

아무도 생각하지 않았던 일을 빌포르가 전격적으로 처리하자 온 집안이 발칵 뒤집혔다. 특히 발랑틴은 벼락에라도 맞은 듯 정신이 하나도 없었다. 자기를 그토록 사랑해주시던 외할아버지와 외할머니가 잇따라 세상을 떠나서 너무나 큰 슬픔에 잠겨 있는데 결혼이라니! 그것도 사랑하는 사람을 놔두고 다른 남자와 결혼해야 하다니!

하지만 도리가 없었다. 객실로 가면서 발랑틴은 의지할 사람이 없는지 주위를 둘러보았다. 그녀는 우선 할아버지에게 가려고 했다. 그러나 층계에서 그녀는 아버지와 마주치고 말았다. 할아버지에게 하소연하기도 전에 아버지에게 붙잡힌 것이었다. 빌포르는 딸의 팔을 움켜쥐고 응접실로 데려갔다. 꼼짝없이 아버지에게 끌려가던 발랑틴은 도중에 다행히 할아버지의 늙은 하인 바루아와 마주칠 수 있었다. 발랑틴은 그 충직한 하인에게 절망적인 눈초리를 보냈다. 어서 할아버지에게 알려달라는 뜻이 그 눈길에는 담겨 있었다.

빌포르와 발랑틴이 객실로 들어서니 거의 동시에 빌포르 부인과 에두아르가 들어왔다. 부인의 얼굴빛은 매우 창백했고 몹시 피곤해 보였다. 부인은 자리에 앉자 아들을 무릎 위에 앉히고 끌어안았다. 마치 아들이 그녀의 전부라는 것을 과시하는 것 같았다.

이윽고 마당에 마차 두 대가 들어섰고, 곧이어 공중인과 입회인들이 들어섰다. 순식간에 응접실에 모든 사람들이 다 모인 것이었다. 하루 사이에 장례식과 약혼식을 참관하게 된 샤토 르노와 알베르는 어안이 벙벙한 얼굴로 서로를 쳐다보고만 있었다.

이윽고 공중인이 서류를 테이블에 놓더니 안락의자에 앉았다. 그리고 공식절차를 진행하기 위해 입을 열었다. 그런데 바로 그 순간이었다. 객실 문이 열리더니 바루아의 모습이 나타났다.

그는 사람들 앞에 서서 말했다. 감히 주인을 향한 하인의 태도라고는 볼 수 없을 만큼 당당했다.

"여러분, 누아르티에 드 빌포르 씨께서 지금 당장 데피네 남작 프란츠 케넬 씨에게 하실 말씀이 있으시답니다.”

빌포르는 뭔가 심상치 않은 예감에 몸을 부르르 떨었다. 빌포르 부인도 아들을 무릎 위에서 내려놓았고 발랑틴도 놀란 듯 자리에서 일어났다.

빌포르가 결심한 듯 말했다.

“아버님께 그렇겐 할 수 없다고 말씀드려.”

“만일 그렇게 된다면 영감님께서 직접 이 방으로 내려오시겠다고 하셨습니다.” 바루아의 말이었다.

발랑틴은 자신도 모르게 하늘에 감사한다는 태도로 천장을 우러러보았다.

빌포르도 더 이상 도리가 없었다. 그는 프란츠, 발랑틴과 함께 노인의 방으로 갔다.

검은 옷을 입은 채 안락의자에 앉아 그들을 기다리고 있던 누아르티에 씨는 그들 세 명이 들어오자 눈길을 문 쪽으로 돌렸다.

빌포르가 노인 곁으로 가서 프란츠를 소개했다. 노인은 빌포르를 한 번 흘끗 쳐다본 후 발랑틴에게 가까이 오라고 눈짓을 했다. 소녀가 자신과 의사소통을 가장 잘할 수 있었기 때문이었다.

소녀는 노인과 평소의 방법대로 소통을 했다. 소녀는 노인이 '열쇠'라는 단어를 가리키고 있음을 즉시 알 수 있었다. 그런 후 노인은 눈으로 자그마한 문갑 서랍을 가리켰다. 소녀가 서랍을 열어보니 그 안에 열쇠가 있었다. 소녀는 노인과 대화한 후 가운데 책상 서랍을 열고 서류뭉치를 꺼냈다. 그것을 노인에게 보여주자 노인은 그게 아니라는 신호를 했다. 발랑틴은 할아버지가 바루아를 부르라고 하는 것을 알아듣고 그를 불렀다. 곧 바루아가 왔다. 발랑틴과 누아르티에 노인은 철자법과 사전을 이용해 비밀(secret)이라는 단어를 찾아냈다.

그 단어를 본 바루아는 서랍의 비밀장치를 풀고 이중으로 된 서랍 밑을 열었다. 그러자 그 안에서 검은 리본으로 묶인 서류가 나왔다. 서류를 꺼낸 바루아가 노인에게 물었다.

"이 서류를 누구에게 드릴까요? 빌포르 씨에게 드릴까요?"

"아니야."

"그럼, 아가씨께 드릴까요?"

"아니."

“그렇다면……. 프란츠 데피네 씨에게 갖다드리란 말씀이
신가요?”

“그래.”

프란츠는 깜짝 놀라 한 걸음 앞으로 나섰다. 그리고 바루아
에게서 서류를 받아들고 표지를 읽었다.

내가 죽은 후 내 친구 뒤랑 장군에게 보관을 맡기도록

할 것. 장군이 사망하면 그 아들에게 넘겨 극비 문서로

보관할 것을 명령함.

프란츠가 물었다.

“이 서류를 왜 저한테 주시지요?”

그러자 발랑틴이 말했다.

“할아버지, 데피네 씨에게 이걸 읽으시라는 건가요?”

“그렇다.” 노인의 대답이었다.

모두 자리에 앉자 프란츠가 봉투를 뜯어 서류를 읽기 시작
했다.

1815년 2월 5일, 생자크가의 보나파르트파 클럽에서 열
린「집회 조서」 발췌 글

거기까지 읽은 프란츠가 갑자기 소리를 질렀다.

"1815년 2월 15일! 바로 저의 아버지께서 암살당한 날 아
닌가요?"

아무도 입을 열지 못하고 있자, 노인이 계속 읽으라고 눈으
로 지시했다. 프란츠는 계속 서류를 읽어나갔다.

포병중령 루이 자크 보르페르, 육군 소장 에티엔 뒤샹피
및 산림국장 클로드 르샤르팔은 아래 사항을 함께 증언
한다.

1815년 2월 4일 보나파르트파 클럽 회원들에게 드 케넬
장군을 추천하는 서신이 엘바섬에서 전달되었다. 장군
은 루이 18세로부터 남작 칭호를 받았음에도 불구하고
나폴레옹 왕조에게 그의 영지를 모두 바친 충성스런 인
물이니, 이튿날인 5일 회의에 장군을 참석시키라는 요
지만 적혀 있었다.

5일 집회는 9시부터 자정까지 열렸다. 클럽 회장은 장군 집으로 가서 집회 장소로 갈 때까지 장군의 눈을 가리기로 합의했다. 장군은 강제로 회의에 참석한 것이 아니라 자발적으로 참석했음을 확언했다. 장군은 회장이 클럽 멤버라는 것 외에는 전혀 그 신분을 알지 못하고 있었다.

두 사람은 회의실로 들어가 자리를 잡았다. 장군이 새로 모임에 참석한다는 전갈이 있었기에 전 회원이 회의에 참가했다. 회의실에 와서야 장군의 눈가리개를 풀어주었다. 모두들 장군에게 그의 사상에 관해 질문했으나 장군은 엘바섬에서 온 편지 그대로라고 답했을 뿐이었다.

그 대목에서 프란츠가 읽기를 멈추었다.

"저의 아버지는 왕당파였습니다. 사상 같은 건 물을 필요도 없이 다 알던 사실인데요."

그러자 빌포르가 말했다.

"맞습니다. 그래서 그때부터 부친과 나 사이에 교류가 시작된 건데……."

노인이 눈으로 명령했다.

"계속하시오."

프란츠는 다시 읽기를 계속했다.

회장은 장군에게 보다 명확하게 답변할 것을 요구했다. 그러자 장군은 어떤 대답을 원하느냐고 물었다. 회장은 장군이 충분히 협조할 인물임을 명시한 엘바섬에서 온 편지를 읽어주었다. 그 편지에는 나폴레옹이 귀환하리라는 것이 명시되어 있었으며, 파라옹호 편에 상세한 내용이 전달될 것이라는 내용도 적혀 있었다. 그리고 그 배의 선장 모렐 씨는 황제에게 전적으로 충성을 다할 인물이라는 내용도 적혀 있었다.

회장이 편지를 읽는 동안 장군의 얼굴에는 혐오의 기색이 역력히 드러나 있었다. 편지를 다 읽고 나자 회장이 어떻게 생각하느냐고 장군에게 물어보았다. 장군은 루이 18세에게 서약한 지가 얼마 안 되어서 이전 황제를 위해 그 서약을 깨뜨리기가 곤란하다고 답변했다. 회장이 재차 장군을 설득했으나 장군은 자신을 남작과 장군으로 임명해준 루이 18세를 잊을 수 없다고 답변했다.

회장은 장군에게 엘바섬에서 장군을 잘못 알고 장군을 천거했다고 말하며, 본인의 양심과 의사에 맞지 않게 동지가 되어달라고 강요하지 않겠다고 말했다. 대신 장군이 신사적으로 행동해줄 것을 요구했다.

이에 대해 장군이 이런 음모를 알고 입 밖에 내지 않는 것이 신사라면 그런 신사는 되지 않겠다, 그건 신사가 아니라 공범자다, 라고 명백하게 답변했다.

프란츠가 여기까지 읽고 말했다.

"아, 아버지! 아버지가 왜 암살당하셨는지 이제야 이유를 알겠습니다."

노인이 눈으로 계속 읽으라고 재촉했다.

프란츠는 다시 글을 읽기 시작했다.

회장이 장군에게, 장군은 스스로 이 집회에 참가한 것이며 눈을 가려달라는 청을 했을 때도 기꺼이 받아들였음을 상기시켰다. 그리고 이 모임이 결코 루이 18세를 섬기기 위한 모임이 아니었음을 알았을 것이라고 말했다. 그리고 다시 한 번 루이 18세를 섬기는지, 아니면 황제 폐하 편인지를 분명히 밝히라고 말했다. 장군은 다시 한 번 자신이 왕당파임을 밝혔다.

회장이 다시 한 번 이곳에 관한 일체의 사실을 입 밖에 내지 않을 것을 서약하라고 하자 장군이 약속 못 하겠다고 대답했다. 그러자 회장이 '그렇다면 당신은 죽어주셔야겠습니다'라고 장군에게 말했다.

새파랗게 질린 장군은 잠시 생각에 잠겼다가 말했다. 결국 '이렇게 나를 죽이려는 사람들 앞에서 나는 내 아들을 생각하지 않을 수 없소'라고 말하며 「서약서」에 서명했다.

「서약서」의 내용은 다음과 같다.

'나는 1815년 2월 5일 오후 9시부터 10시 사이에 보고 들은 일들을 절대로 누설하지 않을 것을 내 명예를 걸고 서약함. 만약 이 서약을 저버리는 경우 죽음으로 보상할 것을 함께 서약함.'

장군이 서명하자 회장은 장군의 눈을 가린 후 회원 두

명과 함께 마차에 올랐다. 회장이 어디로 모셔다주면 좋겠냐고 장군에게 말하자 장군이 어디든지 당신 얼굴이 안 보이는 곳이면 되겠다고 대답했다. 회장이 그런 개인적 모욕의 말은 하지 말라 말하자, 장군이 말했다.

'회의장에서 그렇게 용감하시더니 마차 안에서도 용감하시군요. 하긴 자기 편이 두 명이나 더 있으니.' 회장을 심하게 모욕한 것이다.

회장은 마차를 세우고, 정중한 사과의 말을 듣기 전에는 더 이상 갈 수 없다고 말했다. 그러자 장군이 '어허, 이런 방법으로 나를 암살하려는 거로군!'이라고 말했다. 회장은 장군에게 눈가리개를 풀라 말한 후 '오로지 나 한 사람이 상대할 것이오. 여기 회원들 중 한 명이 입회인이 될 것이오'라고 말했다.

네 사람은 마차에서 내려 계단을 내려갔다. 검은 강물 위로는 차가운 얼음덩어리들이 떠내려가고 있었다. 이윽고 각자 자신의 무기를 들고 결투가 벌어졌다. 회장은 단장 속에 넣은 짧은 칼로 결투에 임했으며 장군의 칼은 그보다 길었다.

결투 결과 장군은 허리에 칼을 맞고 쓰러졌고 회장도
팔에 두 군데, 옆구리에 세 군데 상처를 입었다. 결투 시
작 5분 만에 장군은 숨을 거두었다. 회장은 칼을 단장에
다시 꽂은 후 계단을 올라왔으며 그의 뒤에서 풍덩하는
소리가 들렸다.

이렇듯 우리는 장군이 당당한 결투 끝에 목숨을 잃었을
뿐 항간의 소문대로 암살당한 것이 아님을 확실하게 밝
힌다.

우리 세 사람은 이 사건의 진상을 규명하기 위해 여기
사실을 기술하고 서명한다. 사건에 관계되는 자가 살인
을 저질렀거나 명예를 더럽혔다는 누명을 쓰지 않게 하
기 위해서다.

서명자 보르페르, 뒤샹피, 르샤르팔

사람들 가슴을 아프게 만드는 서류였다. 발랑틴은 얼굴빛
이 새파래져서 눈물만 흘리고 있었고 빌포르는 노인에게 제

발 그만하라는 애원의 눈길을 보내고 있었다.

프란츠가 앞으로 나서며 노인에게 말했다.

"자, 이제 내막을 이렇게 밝혀주셨으니 제발 그 클럽 회장의 이름을 꼭 알려주십시오. 제 아버지의 목숨을 빼앗은 자의 이름을 꼭 알고 싶습니다."

빌포르는 정신 나간 사람처럼 문의 손잡이를 찾았다. 발랑틴도 한 걸음 뒤로 물러섰다. 지금까지 할아버지 팔에 나 있는 상처를 수도 없이 보아왔기에 그녀는 할아버지의 답을 미리 알 수 있었다.

노인이 좋다는 표시를 했다. 그러자 프란츠가 발랑틴에게 말했다.

"오, 아가씨, 할아버지께서 말씀해주시겠다고 하셨어요. 자, 좀 도와주세요. 당신은 할아버지 뜻을 알아들을 수 있잖아요."

발랑틴의 도움을 받아 노인이 사전에서 가리킨 단어는 '나 (Moi)'라는 단어였다.

"당신이!"라고 프란츠가 소리쳤다. 노인이 그렇다고 하자 그는 그대로 의자 위로 무너졌고 빌포르는 문을 열고 나가버렸다. 그 자리에 그대로 있다가는 저 무서운 노인에게 겨우 남아 있는 생명의 불씨를 자기 손으로 꺼버릴 것만 같았기 때문이다. 프란츠도 휘청거리면 노인의 방을 나섰다.

두 시간 후 서재에 있던 빌포르에게 프란츠가 쓴 편지가 전달되었다. 파혼 통보와 함께 이 사실을 알고 있으면서도 결혼을 추진한 빌포르를 향한 비난의 편지였다.

그 사건으로 기뻐한 것은 물론 발랑틴이었다. 그녀는 할아버지에게 잠깐 나갔다 와도 되느냐고 허락을 받은 후 노인의 방에서 나왔다. 그리고 후원으로 달려갔다. 그녀가 막시밀리앙과 남 몰래 만나는 장소였다.

막시밀리앙은 그곳에 있었다. 그는 프란츠가 빌포르 씨와 함께 가는 것을 보았다. 그는 무슨 일이 벌어지는구나 생각하고 뒤를 따라갔었다. 게다가 친구들까지 데리고 빌포르의 집으로 들어가는 것을 보고는 불안한 마음에 평소에 발랑틴을 만나던 후원 밖에서 서성이고 있었던 것이다. 그곳에서 기다리다보면 발랑틴을 만날 수도 있으리라는 막연한 기대를 그는 하고 있었다.

결국 그의 기대대로 되었다. 판자 울타리에 눈을 대고 안을 들여다보니 발랑틴이 모습을 드러낸 것이다. 그녀는 평소처럼 조심하지도 않고 곧바로 철문으로 달려왔다. 그리고 막시밀리앙을 보자마자 외쳤다.

"우린 살았어요. 할아버지 덕분이에요."

"어떻게 된 거지?"

"다음에 다 말씀드릴게요. 제가 당신의 아내가 된 다음에요."

그들은 다음 날 밤 다시 만나기로 하고 헤어졌다.

누아르티에 노인은 공증인을 불러 「유언장」을 새로 만들었다. 새 「유언장」에는 노인의 전 재산을 발랑틴에게 물려주라고 명시되어 있었다. 하지만 단 한 가지 조건이 있었다. 그것은 손녀를 노인에게 떼어내지 않는다는 조건이었다. 특이한 것은 빌포르 부인이 노인에게 와서 모든 유산을 발랑틴에게 주시는 게 옳다고 주장했다는 사실이다. 결국 발랑틴은 생 메랑 후작 부처의 유산과 함께 누아르티에 노인의 유산까지 상속받게 되었다.

자니나에서는 무슨 일이 있었나

여기는 샹젤리제의 백작의 집, 알베르와 백작이 마주 앉아 있었다. 둘은 당글라르의 집을 방문했다가 함께 백작의 집으로 돌아온 것이었다.

백작은 바티스탱에게 차를 주문했다. 그러자 마치 동화 속 요정이 대령하는 것처럼 완벽하게 준비된 차 쟁반을 들고 들어왔다. 알베르는 도대체 어떻게 말 한 마디 떨어지기 무섭게 이렇게 완벽하게 준비된 것들이 나오는지 신기하기만 했다. 눈치를 챈 백작이 말했다.

"뭐, 간단합니다. 제 하인들이 제 습관을 잘 알고 있으니까요. 자, 차들 드시면서 뭐 하고 싶은 게 있으신가요?"

"실은 담배가 좀 피우고 싶습니다만."

그런데 알베르가 더 놀랄 만한 일이 벌어졌다. 그의 입에서 그 말이 떨어지기 무섭게 이상하게 생긴 문이 열리더니 알리가 터키산 특 상품 담배가 가득 담긴 담뱃대 두 개를 가지고 나타난 것이다. 알베르가 놀란 눈을 하자 몽테크리스토 백작이 말했다.

"실은 아주 간단한 일입니다. 알리는 내가 차를 마실 때는 늘 담배를 피운다는 걸 알고 있지요. 손님이 한 분 왔으니 접대용으로 하나 더 준비해서 대기시켜놓은 거고요."

"말이야 쉽지만 당신 아니면 아무도 흉내 내지 못할 겁니다. 그런데 이게 무슨 소리인가요?"

알베르는 무언가 기타 소리 비슷한 게 들리는 것 같아서 문쪽으로 귀를 기울였다.

"아, 하이데가 구즐라를 연주하는 모양이네요."

"하이데라, 정말 멋진 이름이네요. 바이런의 시에나 나오는 이름인 줄 알았는데."

"그리스에서는 아주 흔한 이름입니다. 순결, 정숙, 뭐 이런 뜻입니다."

"그것 참 멋지네요. 난 우리 프랑스 여자들에게도 그런 이름을 붙였으면 좋겠어요. 여자들을 정숙 양, 친절 양, 침묵 양, 사랑 양, 자비 양 이렇게 부를 수 있다면 얼마나 멋있겠습니까?"

그러자 백작이 말했다.

"쉿, 농담 소리가 너무 큽니다. 하이데가 들어요."

그러자 알베르가 자기 머리를 툭툭 치며 말했다.

"그렇군요. 자기 이름을 갖고 농담하는 걸 들으면 화를 내겠네요."

"절대 그럴 리는 없습니다"라고 백작이 특유의 오만한 어조로 말했다.

"아주 상냥한 여자인가보군요."

"그런 것 때문이 아니지요. 저 여자의 의무일 뿐입니다. 노예가 주인에게 화를 낼 수 있나요?"

"노예라니요? 아니, 지금 세상에 노예가 어디 있습니까?"

"어쨌든 사실입니다. 하이데는 분명 내 노예니까."

"하긴 백작님의 노예가 되는 것만으로도 당당한 지위를 보장받는 셈이지요. 당신 씀씀이로 볼 때 1년에 몇만 프랑은 받을 것 아닙니까?"

“몇만 프랑이라고요? 저 여자 재산에 비하면 그건 아무것도 아닙니다. 『아라비안나이트』에 나오는 재산도 무색할 정도일 걸요. 저 여자는 굉장한 재산가 가문에서 태어났으니까요.”

알베르는 들을수록 기가 막혔고 궁금증이 일었다.

“하시는 말씀을 들으니 무슨 왕국의 공주라도 되는 것처럼 들리네요.”

“잘 맞혔습니다. 그렇다고 볼 수도 있습니다.”

“그런 여자가 어쩌다가 백작님 노예가 되었나요?”

“그냥 운명 탓이라고 해두지요. 사실 비밀이지만 자작에게는 특별히 말해주겠소. 당신은 내 친구이고 입이 무거운 사람이니. 당신, 자니나의 총독 이야기 알고 있지요? 그 나라 말로는 파샤라고 하지요.”

“알리 테베린 말씀이십니까? 알고 있다마다요. 저의 아버지가 전에 그 사람을 섬겼던 적이 있거든요. 그 사람에게서 재산도 얻었고요. 그런데 하이데가 그 알리 파샤와 어떻게 된다는 겁니까?”

“그 사람 딸이오.”

“네? 알리 파샤의 딸이라고요?”

“그렇소. 알리 파샤와 그의 부인 바실리키 사이에서 태어난 딸이지요.”

“아니, 알리 파샤의 딸이 당신 노예라니! 어떻게 그런 일이!”

“그렇게 됐소. 언젠가 콘스탄티노플 시장을 지나가다가 내가 사게 된 거요.”

“그래요? 백작님 이야기는 들으면 들을수록 알 수가 없어요. 꼭 꿈을 꾸는 것 같습니다. 그런데, 백작님, 저 하이데라는 분, 가끔 오페라에도 함께 오시곤 하셨지요? 그러니까 꽁꽁 숨겨 놓으신 분은 아니지요? 그렇다면 제게 소개해주실 수도 있지 않으세요?”

“좋습니다. 하지만 두 가지 조건이 있습니다.”

“기꺼이 받아들이겠습니다. 그 조건이 뭐지요?”

“첫째, 이 여자와 인사를 나누었다는 말을 아무에게도 하지 말기 바랍니다.”

“좋습니다. 기꺼이 약속드리지요. 두 번째는 뭔가요?”

“당신 아버님께서 그녀 아버지를 전에 모셨었다는 이야기를 그녀에게 절대로 하지 말라는 것입니다.”

“별로 어렵지 않은 조건이군요. 약속하겠습니다.”

몽테크리스토 백작이 벨을 울리자 알리가 나타났다.

"하이데에게 가서 내가 차 한잔 마시러 간다고 전해. 내가 친구 한 분 소개해줄 거라고도 전하고."

백작이 알베르와 함께 하이데의 방으로 가자 그녀는 눈이 휘둥그레졌다. 백작이 다른 남자를 이 방에 데리고 들어온 것은 처음이었기 때문이다. 그녀는 한 쪽 구석에 놓인 소파에 다리를 포갠 채 앉아 있었다. 화려한 비단옷으로 몸을 감싸고 있었으며 곁에는 악기가 놓여 있었다. 정말 눈부시게 아름다웠다. 프랑스 여자들에게서는 도저히 발견할 수 없는 아름다움에 알베르는 압도되었다.

백작이 그리스어로 여자에게 말했다.

"내 친한 친구야. 이분은 그리스어를 모르니 이탈리아어로 대화하면 될 거야."

그러자 소녀는 아주 유창한 이탈리아어로 말했다.

"진심으로 반갑습니다."

백작은 알리에게 커피와 담배를 가져오라 했다. 그리고 알베르와 함께 둥근 테이블 가에 가서 앉았다.

막상 앉고 보니 알베르는 무슨 이야기를 할 것인지 막막했다. 그가 그런 눈길을 백작에게 보내자 백작이 눈치를 채고 말했다.

"너무 어려워할 것 없습니다. 편하게 이야기를 나누세요. 하이데의 고향이나 어린 시절 이야기를 물어도 되고요. 추억 같은 이야기를 해도 좋겠지요."

알베르가 하이데 쪽으로 돌아앉으며 "몇 살 때 고향을 떠나셨습니까?"라고 물었다.

"다섯 살 때요."

"그러면 고향 생각이 좀 막연하지 않나요?"

"아니에요. 눈만 감으면 어렸을 때 본 것들이 눈에 선하게 떠올라요. 제 마음의 눈에 간직되어 있거든요. 세 살 때 일부터는 기억이 나는 것 같아요."

그러자 알베르가 백작에게 말했다.

"백작님, 이 아가씨의 신상에 관한 이야기를 정말 듣고 싶습니다. 백작께선 아까 제 아버님 이야기를 하지 말라 하셨는데요. 저 아가씨 입에서 저절로 나올 것 같아서요. 저렇게 아름다운 여자 입에서 아버지 이름이 나오는 걸 좀 들었으면 좋겠어요.”

백작은 하이데를 향해 눈썹을 한 번 찡긋해 보였다. 이제부터 단단히 조심하라는 신호였다. 그는 또한 그리스어로 “네 아버지 운명에 대해서는 무엇이든 다 이야기해라. 하지만 배신자의 이름이나 배신자의 신상에 관한 이야기는 절대로 입 밖에 내선 안 된다”고 엄하게 일렀다.

“뭐라고 하신 거지요?”라고 알베르가 은근히 묻자 백작이 대답했다.

“당신은 내 친구니까 아무것도 감추지 말고 이야기해주라고 말했습니다.”

하이데는 떠오르는 어릴 적 기억을 몇 가지 알베르에게 말해주었다. 그리고 이렇게 덧붙였다.

“저는 어린아이 눈으로 제 조국을 보았을 뿐이에요. 그래서 아름다운 나라로 보였을 때를 기억하면 지금도 찬란하게 빛나는 모습으로 제게 떠올라요. 하지만 너무 심한 고통을 겪었을 때를 생각하면 어두운 안개에 싸여 있는 나라처럼 흐려져 보여요.”

그러자 알베르가 말했다.

"오, 그렇게 어릴 적에 그 어떤 험한 일을 겪었기에……."

하이데는 백작을 돌아보았다. 백작이 고개를 끄덕였다.

하이데가 입을 열었다. 그리고 그녀의 긴 이야기가 시작되었다.

"슬픈 기억이에요. 제가 네 살 때였지요. 그때 우리는 자니나 궁전에 살고 있었어요. 제가 자고 있던 어느 날, 어머니가 가만히 저를 깨우셨어요. 어머니 눈에 눈물이 가득 고여 있었지요. 어머니는 아무 말 없이 저를 데리고 나가셨어요. 넓은 층계를 내려가던 게 기억나요. 시녀들이 모두 함께 보석이랑 금고, 자루 등을 챙기고 뛰어가고 있었지요. 그 뒤로는 20여 명의 호위병들이 뒤따르고 있었어요.

복도 안에서 누군가가 '빨리빨리'라고 외쳤어요. 돌아보니 아버지였어요. 유럽에서는 자니나의 파샤, 알리 테베린이라는 이름으로 알려져 있는 분이지요. 터키에 대항해 그리스 독립 운동을 하셨지요. 터키도 그분 앞에서는 벌벌 떨었어요.

우리는 모두 배를 타고 별궁으로 갔어요. 제가 어머니께 어디 가냐고 물었어요. 그러자 어머니는 '우리는 지금 도망가는 거란다'라고 말씀하셨지요. 나중에 알게 된 거지만 자니나 성

수비대가 터키 황제의 군대와 결탁한 거랍니다. 아버지를 잡아오라고 터키 황제가 보낸 군대 사령관은 쿠르시드였는데 너무 오랜 주둔 끝에 지친 수비대가 쿠르시드와 결탁하고 반란을 일으켰기에 도망가게 된 거예요. 아버지는 당신이 신임하고 계시던 프랑스 장교를 황제에게 사자로 보냈어요. 그 사자가 돌아오기 전까지 그 은신처로 피신하기로 결심하신 거랍니다.”

그러자 알베르가 눈을 빛내며 물었다.

“혹시 그 장교의 이름을 기억하시나요?”

순간 백작이 하이데에게 날카로운 눈길을 보냈다. 그러나 알베르는 그것을 눈치채지 못했다.

“아뇨, 기억나지 않아요. 언젠가는 생각이 나겠지요. 그때 말씀드릴게요.”

알베르는 자기 아버지 이름을 말해주려고 했다. 순간 백작이 손가락을 입술에 갖다 댔다. 알베르는 아까 했던 맹세를 떠올리고 입을 다물었다.

하이데가 이야기를 계속했다.

“우리는 별궁 지하실로 들어갔어요. 돈이 가득 들어 있는 주머니들과 화약이 들어 있는 통들이 많이 있었어요. 그 통들 옆에는 아버지가 신임하시는 병사 셀림이 서 있었고요. 아버지가 한마디 신호만 하면 그 안의 모든 것들을 모조리 폭발시키라는 명령을 받고 있었던 거예요. 지금도 사람들이 밤낮으로 울면서 기도하던 모습이 떠올라요.

얼마나 그곳에 있었는지는 모르겠어요. 날짜를 헤아리기에는 제가 너무 어렸으니까요. 가끔 아버지께서 어머니와 저를 테라스로 불러내곤 했어요. 아버지는 터키 황제에게 보낸 프랑스인 사자를 기다리고 계셨던 거예요. 아버지가 어머니에게 해주시던 말이 지금도 기억나요. 아버지는 이렇게 말씀하셨지요.

'바실리키, 조금만 더 참으면 되오. 오늘이면 모든 게 결정될 것이오. 오늘 터키 황제 칙서가 어떻게 오느냐에 따라 우리 운명이 결정되는 거요. 황제가 우리를 받아들이면 자니나로 돌아갈 것이고 그렇지 못하면 오늘 밤 안으로 도망가야 하오.'

그때 아버지가 먼 곳을 바라보시다가 망원경을 달라고 하셨어요. '배가 하나, 둘, 셋……'이라고 중얼거리시더군요. 그러더니 저와 어머니를 지하실로 가 있으라고 하셨어요. 아버지가 제 이마에 키스해주셨지요. 오, 그게 마지막 키스였어요.

지하실로 가면서 돌아보니 배들이 점점 모습을 드러냈어요. 아버지 주위에 앉아 있던 호위병들이 벽 뒤에 몸을 감추고 배가 들어오는 모습을 바라보고 있었지요. 그들의 눈이 모두 벌겋게 충혈 되어 있던 게 또렷이 기억나요. 그 모습을 뒤로 하고 우리는 지하실로 들어갔어요.”

사실 알베르는 자니나 총독의 최후에 대한 이야기를 여러 번 들은 적이 있었다. 또 그의 죽음에 관한 글들도 읽었다. 하지만 아버지는 그에 대해 단 한마디도 해주지 않았다. 그런데 이렇게 생생하게 그 이야기를 듣게 되다니!

백작은 연민에 가득 찬 눈길로 하이데를 바라보더니 그리스어로 “계속해”라고 말했다. 하이데가 이야기를 계속했다.

“지하실은 캄캄했어요. 기독교도인 어머니는 기도를 했어요. 어머니 얼굴에는 희망의 빛이 보였어요. 지하실로 내려오면서 얼핏 사신으로 콘스탄티노플로 보낸 프랑스 장교의 모습을 본 것 같았기 때문이에요. 아버지께서 굉장히 신뢰하던 사람이었으니까요.

어머니가 목소리를 낮추어 셀림에게 물었어요.

‘셀림, 주인 어르신께서 어떤 분부를 내리셨는지 말해줄 수 있어?’

‘만일 단도를 제게 보여주시면 황제의 허락을 받지 못한 것이니 화약에 불을 붙이라고 하셨습니다. 반대로 반지를 보여주시면 터키 황제가 용서해주었다는 뜻이니 그들을 들여보내라고 하셨습니다.’

그때 갑자기 환성이 들렸어요. 그리고 콘스탄티노플로 갔던 프랑스 사자의 이름이 크게 울려 퍼졌어요. 황제에게서 반가운 회답을 받아온 게 틀림없었지요.”

그러자 알베르가 참지 못하고 다시 물었다.

“그런데 그 이름이 생각나지 않습니까?”

“정말로 생각이 안 나요. 그때 누군가가 지하실로 내려왔어요. 셀림은 창을 들고 누구냐고 외쳤어요. 그러자 들어온 사람이 말했어요.

‘황제 폐하 만세! 황제께서 알리 파샤를 용서해주셨다. 목숨 뿐 아니라 전 재산까지 돌려주셨다.’

그러더니 그는 반지를 보여주었답니다. 셀림은 기쁜 얼굴로 도화선을 바닥에 던지고 불을 껐지요. 그러자 동굴로 들어온 사나이가 손뼉을 쳤어요. 그가 손뼉을 치자마자 반역자의 부하 네 명이 한꺼번에 몰려와 셀림의 몸에 난도질을 했어요. 어머니는 재빨리 저를 부둥켜안으시고는 별궁의 비상계단까지 왔어요. 우리만 알고 있던 비밀 통로가 있었거든요. 아래층 방들은 이미 쿠르시드의 부하들로 꽉 차 있었지요. 어머니가 막 문을 열려던 순간이었어요. 밖에서 아버지의 무서운 목소리가 들려왔어요.

아버지는 황제가 아버지의 목을 원한다는 「칙서」를 보여 주는 적들 앞에서 껄껄 웃으셨어요. 그리고 그들에게 총을 쏘셔서 두 명을 쓰러뜨리셨어요. 아아, 그다음은……. 그다음은……. 더 이상 자세히 이야기 못 해드리겠어요. 저는 아버지가 적들의 총에 맞아 돌아가시는 모습을 똑똑히 본 거예요. 딱 한마디만 해드릴 수 있어요. 아버지는 다가오는 죽음의 위협 앞에서도 조금도 위엄을 잃지 않으셨고 용감하셨어요.

저는 땅바닥 위를 구르고 있었어요. 어머니께서 정신을 잃고 쓰러지셨기 때문이지요."

말을 마친 하이데의 얼굴은 새파랗게 질려 있었다. 알베르는 진심어린 목소리로 말했다.

"정말 슬프고도 끔찍한 이야기군요. 그런 비참한 이야기를 하게 만들다니, 정말 미안합니다."

그러자 백작이 말했다.

"괜찮소. 하이데는 보기보다 용감한 여자요. 그런 괴로운 기억을 되씹으며 오히려 마음에 위안을 얻기도 한다오."

그러자 하이데가 곧바로 말했다.

"그 괴로운 기억 끝에는 백작님의 은혜가 떠오르기 때문이지요."

알베르의 눈은 계속 호기심에 차 있었다. 그가 가장 알고 싶던 이야기, 어떻게 하여 그녀가 백작의 노예가 되었는지 그 사정 이야기는 아직 듣지 못했기 때문이다. 백작이 고개를 끄덕이자 그녀는 이야기를 계속했다.

"어머니가 다시 정신이 드셨을 때, 우리 앞에는 사령관 쿠르시드가 있었습니다. 어머니는 알리의 아내로서의 명예를 지키기 위해 죽여달라고 말씀하셨지요. 그러자 쿠르시드가 '그건 네 새 주인이 결정할 일이지'라고 대답했어요. 쿠르시드는 아버지를 죽이는 데 가장 큰 공을 세운 사람에게 우리를 노예로 준 거예요. 바로 프랑스 사람이지요. 하지만 그는 감히 우리를 차지하고 부릴 수 없었지요. 그는 우리를 곧장 콘스탄티노플로 가는 노예 상인에게 팔아버렸어요.

우리는 그리스를 거쳐 터키 황궁 앞에 도달했어요. 거의 반쯤은 다 죽은 상태였지요. 그런데 그 황궁 정문 앞에 사람들이 모여 있었어요. 우리가 지나가려니까 사람들이 길을 비켜주더군요. 그런데 구경꾼들을 따라 눈길을 위로 돌리신 어머니가 외마디 비명을 지르며 그 자리에서 그대로 쓰러지셨어요. 황궁 정문 위에 머리가 하나 걸려 있고 이런 글이 씌어 있던 거예요.

'자니나의 파샤, 알리 테베린의 머리.'

저는 울면서 어머니를 일으키려 했어요. 하지만 어머니는 이미 숨을 거두신 뒤였어요. 그 뒤에 저는 어느 돈 많은 아르메니아 사람에게 팔려갔어요. 그 사람은 여러 선생을 대주며 저를 제대로 교육시켰어요. 그리고 제가 열세 살이 되었을 때 마무드 왕에게 팔았지요."

이야기의 마무리는 백작이 지었다.

"내가 마무드 왕에게서 하이데를 샀소. 커다란 에메랄드를 주었지. 자, 어서 차를 들지요. 이야기는 다 끝났으니."

그로부터 며칠이 지났을 때였다. 보샹이 편집 주간으로 있는 「앵파르시알」지에 '자니나 통신'이라는 짧은 기사가 났다. 그 내용은 다음과 같았다.

지금까지 알려지지 않았던 사실이 하나 드러났다. 자니니 성은 알리 테베린 총독이 전적으로 신임하고 있던 프랑스 장교인 페르낭의 배신으로 터키 군에 넘어간 것으로 드러난 것이다.

그 기사를 본 알베르는 노발대발했다. 그는 자기 아버지 이름이 페르낭임을 알고 있었다. 그는 모든 것이 아버지를 시기하는 자들의 음모라고 생각했다. 그는 그 기사가 만에 하나 사실일 수도 있다는 생각은 추호도 하지 않았다. 그는 보샹을 만나 페르낭이 바로 자기 아버지라며 기사를 취소해달라고 요구했다. 보샹은 기사가 잘못되었다는 것이 확인된 다음이라야 취소할 수 있는 법이라고 말했다. 게다가 그는 자신이 그 기사를 쓰지도 않았으며 알베르가 그 기사에 대해 말하기 전에는 보지도 못했다고 말했다.

보상이 기사 취소를 거부하자 알베르는 그에게 결투를 신청했다. 그들은 3주일 후인 9월 21일 결투 약속을 하고 헤어졌다.

알베르와 보상의 결투는 아직 3주나 남았으니 잠시 그로부터는 눈을 돌리고 다시 빌포르가로 가보기로 하자. 일들이 좀 숨 가쁘게 돌아가고 있으니 독자 여러분도 함께 바쁠 수밖에 없다.

이어지는 독살 사건

길을 걷는 막시밀리앙 모렐의 발걸음은 무척 가벼웠다. 그는 행복에 겨워있었다. 누아르티에 노인이 보자고 하여 빌포르가로 가는 길이었기 때문이다. 그는 빠른 걸음으로 거의 뛰다시피 빌포르의 집으로 향했다. 그의 뒤로는 전갈을 하러 왔던 바루아가 숨을 헐떡이며 따라오고 있었다. 환희에 들뜬 서른한 살 청년의 발걸음을 예순 된 노인이 따르기는 벅찬 일이었다.

노인의 집에 도착하자 하인은 특별 출입구를 통해 모렐을 노인에게 데려갔다. 잠시 후 발랑틴이 들어왔다. 상복을 입고 있는 발랑틴은 더욱 아름답게 보였다. 발랑틴이 모렐에게 살짝 말했다.

"제가 사랑하는 사람이 있다고 할아버지께 말씀드렸더니 하실 말씀이 있다고 하셨어요. 제가 할아버지 말씀을 통역해 드릴게요."

이윽고 대화가 시작되었다.

"할아버지께서 이 집을 떠나 다른 곳에서 사시겠대요. 벌써 바루아가 적당한 집을 찾는 중이래요. 저도 할아버지와 함께 갈 거예요,"

"그다음엔?"

"할아버지 허락을 받은 다음에 당신과의 약속을 지키는 거지요." 발랑틴은 수줍은 듯 낮은 목소리로 속삭이듯 말한 후 할아버지에게 물었다.

"할아버지, 제가 말한 게 바로 할아버지 뜻이지요?"

"오냐."

"할아버지 댁에서 내가 지내게 되면 당신은 저를 만나러 오실 수 있어요. 할아버지는 제 보호자니까요. 그런 다음 우리 둘이 행복하게 살 수 있을 거라 생각되면 제게 청혼해주세요."

그녀가 다시 노인에게 말했다.

"할아버지, 할아버지도 찬성하시지요?"

"물론이지."

발랑틴이 모렐에게 말했다.

"대신, 세상 모든 예의범절을 다 지켜주세요. 우리의 행복을 위태롭게 할 행동일랑 하지 않겠다는 약속을 해주셔야 해요."

모렐은 행복에 겨워, 희망을 가지고 모든 어려움을 견디며 기다리겠다고 말했다.

청년을 바라보는 노인의 눈에는 애정이 넘치고 있었다. 바루아는 방 한구석에 앉아 흐르는 땀방울을 씻으며 웃음 짓고 있었다.

"어머, 바루아, 그렇게 더우세요?" 발랑틴이 물었다.

"예, 뛰어갔다 와서 그렇지요."

"그렇다면 물 좀 드세요."

노인이 레모네이드 병과 컵이 놓인 쟁반을 바루아에게 눈으로 가리켰다. 병에는 노인이 마시고 남은 레모네이드가 들어 있었다. 바루아는 황송한 듯 레모네이드 병을 들고 나가더니 컵에 따라 한 잔 마셨다.

발랑틴과 모렐은 노인 앞에서 작별 인사를 나누었다. 바로 그때 빌포르의 방 계단 앞에 있는 벨이 울렸다. 손님이 왔다는 신호였다. 토요일 정오이니 의사가 온 것이었다.

바루아가 방으로 들어오자 "누가 오셨나요?"라고 발랑틴이 물었다.

"다브리니 선생님께서 오셨습니다." 바루아의 대답이었다.

그런데 갑자기 바루아가 다리를 휘청거렸다. 발랑틴이 왜 그러느냐고 물어도 바루아는 아무 대답도 하지 못하고 무엇인가 잡으려는 듯 비틀거렸다. 얼굴에는 경련이 일었고 얼굴색은 완전히 사색이었다.

"아니, 쓰러지겠어." 모렐이 외쳤다.

쓰러지는 정도가 아니었다. 바루아의 눈이 무섭게 불거져 나오고 온몸이 뻣뻣해지는 것이 아닌가! 발랑틴은 "다브리니 선생님, 다브리니 선생님"이라고 크게 소리를 질렀고 그 순간 바루아는 누아르티에 노인의 발밑에 쓰러져버렸다.

발랑틴의 고함소리를 듣고 제일 먼저 나타난 것은 빌포르였다. 그의 모습을 본 모렐을 움찔 뒤로 물러나 커튼 뒤로 몸을 숨겼다. 누아르티에 노인은 하인이라기보다는 친구인 이 불쌍한 늙은이가 변을 당한 것을 보고 어쩔 줄 모르고 있었다. 삶을 어느 정도 체념한 노인의 얼굴에도 공포와 불안의 기색이 역력했다. 그는 어떻게 해서라도 바루아를 구해주고 싶었다.

한편 방으로 들어와 그 광경을 본 빌포르는 새파랗게 질렸다. 그는 문으로 달려가며 의사 선생을 불렀고 발랑틴은 빌포르 부인을 불렀다.

그사이 모렐은 슬그머니 밖으로 나왔다. 모두들 정신이 팔려 있어서 그를 보지 못했다.

바로 그때 의사와 빌포르가 들어섰다. 의사는 빌포르 부인의 청으로 아들 에두아르를 먼저 보러 갔다온 것이었다.

다브리니와 빌포르는 바루아를 소파로 옮겨놓았다. 의사는 물과 에테르를 가져오게 한 후 빌포르만 남겨두고 모두 방에서 나가라고 했다. 발랑틴이 머뭇거리며 "저도요?"라고 말하자 의사는 무뚝뚝하게 "아가씨는 특히 여기 있으면 안 되겠어"라고 냉랭하게 대답했다.

바루아가 잠시 정신이 들었다. 그러자 의사가 물었다.

"오늘 뭘 먹었나?"

"아무것도 먹은 게 없습니다. 입에 댄 거라곤 영감마님 물병에 들어 있던 레모네이드 한 잔뿐입니다."

노인은 꼼짝하지 않고 이 광경을 지켜보고 있었다.

의사는 그 레모네이드 병이 어디 있느냐고 바루아에게 물어본 후 부엌으로 직접 가서 가지고 왔다. 그는 남은 레모네이드를 몇 방울 손바닥에 떨어뜨린 후 입술로 맛을 보았다. 그런 후 그는 물로 입안을 헹군 후 벽난로에 뱉었다.

의사가 노인에게 물었다.

"누아르티에 씨, 노인장도 이걸 마셨습니까?"

"그렇소."

"노인장께서도 쓴맛을 느끼셨습니까?"

"그랬소."

순간 바루아가 발작을 시작했다. 그러더니 소파에서 굴러 떨어졌고 곧 몸이 뻣뻣해졌다. 의사는 바루아는 내버려두고 누아르티에 노인에게 왔다.

"어떻습니까? 괜찮습니까?"

"괜찮소."

"레모네이드는 바루아가 만들었나요?"

"그렇소."

"그에게 그걸 마시게 한 건 누구였나요? 당신? 빌포르 씨?

빌포르 부인? 모두 아니면, 그럼 발랑틴입니까?"

"그렇소."

바루아가 한숨을 쉬는 소리가 들리자 의사가 이번에는 바루아에게 말했다.

"바루아, 말을 할 수 있겠나? 자, 힘을 내게. 레모네이드를 만든 게 누구지?"

"접니다."

"만들자마자 바로 누아르티에 씨에게 가져왔나?"

"아뇨. 부엌에 갖다놓았습니다."

"그걸 누가 여기 갖다놓았지?"

"발랑틴 아가씨께서."

그 말을 하자마자 바루아는 세 번째 발작을 일으키더니 뒤로 넘어졌다. 의사가 빌포르에게 제비꽃 시럽을 갖다달라고 하자 빌포르는 즉시 아래로 내려갔다. 이어서 의사가 노인에게 말했다.

"누아르티에 씨, 환자를 다른 방으로 옮겨야겠습니다. 피를 토하게 해야 할 것 같습니다."

그는 겨드랑이에 환자의 팔을 끼우더니 옆방으로 옮겨 갔다. 그리고 남은 레모네이드를 가지러 다시 노인 방으로 왔다.

노인이 오른쪽 눈을 감았다. 의사도 노인의 의사를 읽을 줄 알았다.

"발랑틴 양 말씀입니까? 제가 가서 발랑틴 양을 보내드리겠습니다."

밖으로 나간 의사는 복도에서 제비꽃 시럽을 들고 오는 빌포르를 만났다. 빌포르가 물었다.

"어떻습니까?"

"이리 오십시오."

의사가 옆방으로 빌포르를 데리고 갔다.

"보십시오. 죽었습니다."

"그렇게 빨리!"

"그렇습니다. 빨리도 죽었지요. 빌포르 검사님, 댁에서는 사람들이 이렇게 갑자기 죽는군요."

의사의 말에 빌포르가 두려움과 놀라움이 섞인 목소리로 외쳤다.

"아니, 그게 무슨 소립니까?"

"자, 제 이야기를 잘 들어보십시오. 생 메랑 후작 부인과 바루아는 같은 독에 독살되었습니다. 자, 제비꽃 시럽에 바루아가 마시고 남은 레모네이드를 떨어뜨려보겠습니다. 독이 들어 있으면 시럽 색깔이 녹색이 될 것입니다.”

의사는 천천히 시럽 잔에다 레모네이드 몇 방울을 떨어뜨렸다. 그러자 단번에 시럽 잔 밑에 구름 같은 것이 뿌옇게 서렸다. 잠시 더 있자 시럽은 푸르스름하게 변하더니 사파이어 색에서 오팔색으로 변한 후 마지막으로는 녹색으로 바뀌었다.

그러자 의사가 결연한 음성으로 말했다.

“이제 하느님께 맹세코 분명하게 말씀드리겠습니다. 불쌍한 바루아와 생 메랑 후작 부인은 같은 독으로 독살당했습니다. 앙구스트라 나무 껍질 아니면 상티나스 열매입니다.”

의사의 말에 빌포르는 아무 말도 못 한 채 몸을 부들부들 떨더니 그대로 안락의자에 쓰러져버렸다.

잠시 후 정신을 차린 빌포르가 외쳤다.

“오오, 내 집에서 그런 일이 벌어지다니! 내 집에 죽음의 신이 있다니!”

“검사님, 범죄라고 하는 것이 옳습니다. 이제 결단을 내려야 합니다. 계속되는 죽음의 물결을 막아야만 합니다.”

“아니, 누구 수상한 사람이라도?”

“저는 그 누구도 의심하지 않습니다. 다만 저는 죽음의 뒤를 밟아보았을 뿐입니다. 보십시오, 검사님 댁에는 아주 무시무시한 사람이 있습니다. 그런데 역사 속에서 보면 젊고 아름다운 여자들이 지옥에서 온 사자 역을 맡은 경우가 아주 많습니다. 그 여자들의 얼굴에는 지금 이 댁에 있는 범인의 얼굴에서와 마찬가지로 아주 순진한 꽃이 피어 있었을 겁니다.”

빌포르는 신음소리를 내며 애원하듯 다브리니의 얼굴을 쳐다보았다.

의사가 계속 말했다.

“범죄로 인하여 득을 보는 사람을 찾으라는 법률상의 격언이 있습니다. 자, 바루아가 누구 대신 죽었습니까? 누아르티에 씨를 독살하려던 레모네이드를 마시고 죽은 거지요.”

“그런데 아버지께서는 어떻게 무사하셨을까요?”

“아버님께서는 그 독약에 어느 정도 면역이 있으셨기 때문입니다. 제가 1년 전부터 그 누구도 모르게 아버님 중풍 약에 용담독을 아주 조금씩 써왔습니다. 범인도 그 사실은 몰랐을 겁니다. 그래서 면역이 되신 겁니다.”

의사가 잠시 침묵 후 다시 입을 열었다.

“검사님, 범인을 잡으십시오. 범인은 후작 부인뿐 아니라 생 메랑 후작도 죽였습니다. 병의 증세를 들어보니 틀림이 없었습니다. 자, 제 이야기를 잘 들어보십시오. 누아르티에 씨는 제2의 「유언장」을 쓰셨습니다. 제3의 「유언장」을 쓰시는 일이 벌어질까봐 노인을 없애려고 한 것입니다. 또 생 메랑 후작 부부가 죽은 후 그 유산은 누구에게 갔지요?”

“오, 다브리니 씨, 제발 자비를!”

“이건 자비를 베푸느냐 아니냐의 문제가 아닙니다. 하느님마저 놀라서 범인을 외면하시는 경우, ‘이자가 범인이다!’라고 밝혀야 하는 사람은 바로 저 같은 의사입니다.”

“오오, 내 딸 아이를! 내 딸 아이를! 오오, 그 애를 위해서 제발!” 빌포르는 거의 죽어가는 목소리로 중얼거렸다.

“검사님 입으로 따님 이름을 대시는군요. 범인은 발랑틴입니다. 검사님, 저는 의사로서 발랑틴 양을 고발합니다. 검사님, 이제 당신이 나설 차례입니다. 검사로서의 의무를 다하셔야 하지요.”

“아아, 제겐 그런 용기가 없습니다. 차라리 내가 죽겠습니다.”

“정신 차려야 합니다. 가족 모두가 쓰러진 후에는 당신에게도 죽음의 차례가 올지 모르겠군요.”

“선생, 내 딸은 범인이 아닙니다. 아니에요! 절대 그럴 리 없어요! 만일 정말로 내 딸이 범인이 아니라면! 그게 나중에 밝혀진다면! 내가 유령 같은 얼굴을 하고 당신에게 가서 ‘살인자, 너는 죄도 없는 내 딸을 죽였어!’라고 소리치게 된다면…… . 그렇게 된다면, 저는 하느님의 벌을 받을 각오를 하고 자살해버릴 겁니다.”

“좋습니다. 저는 이 이상 할 일이 없습니다. 검사님이 알아서 하십시오. 대신, 앞으로는 절대로 저를 부르지 마십시오. 댁에서 무슨 변고가 나도 저는 절대로 오지 않을 겁니다. 좋습니다. 검사님이 그렇게 망설이신다면 이 무서운 비밀은 우리 둘 사이에만 간직하기로 하지요. 제 마음도 별의별 일로 더럽혀졌지만 당신네 집은 더 추악하고 저주스럽게 보이는군요. 자. 이만 물러가겠습니다. 마지막으로 검사님께 선물 하나 하고 가지요.”

의사는 집을 나서며 다들 들으라는 듯 큰 목소리로 빌포르에게 말했다.

"빌포르 씨, 바루아는 너무 오랫동안 집 안에만 처박혀 있었군요. 그래서 너무 뚱뚱해지고 목이 굵어지는 바람에 돌연 졸도하게 된 것입니다. 피도 무거워졌고요."

말을 마친 후 의사는 그 누구의 전송도 받지 않고 밖으로 나갔다.

그날 밤 빌포르 가의 하인들은 자기들끼리 모여 의논을 했다. 그리고 모두 이 집을 떠나기로 결정했다. 그들이 아쉬워했던 것은 오로지 더없이 친절하고 상냥했던 발랑틴 곁을 떠난다는 것뿐이었다.

빌포르는 발랑틴의 얼굴을 보았다. 발랑틴은 울고 있었다. 그가 아내 쪽으로 눈길을 돌렸을 때 아내의 엷은 입술에 어두운 미소의 그림자가 얼핏 스쳐가는 것처럼 느껴졌다.

안드레아 카발칸티

우리가 빌포르 집안과 알베르 이야기를 하면서 잠시 내버려두었던 인물이 하나 있다. 바로 안드레아 카발칸티다. 그는 몽테크리스토 백작의 소개로 파리 사교계에 화려하게 데뷔했다. 그는 시골로 내려간 바르톨로메오 카발칸티 후작의 아들 행세를 완벽하게 하고 있었다. 안드레아는 특히 당글라르의 주목을 받아 그와 자주 만났다.

그런데 어느 날 모르세르 백작이 당글라르를 찾아온다. 자기 아들 알베르와 당글라르의 딸 외제니 간의 혼담을 마무리 짓고 싶어서였다. 그러나 당글라르는 모르세르 백작을 냉대하며 파혼을 선언한다. 사실 알베르도 그 혼담에는 관심이 없었다. 모르세르 백작만 그 혼담을 고집하고 있던 상황이었다. 「앵파르시알」지에 실린 '자니나 통신'은 당글라르에게 아주 좋은 핑곗거리가 되었다.

이런 상황을 염두에 두고 이제 안드레아를 좀 더 가까이서 살펴보기로 하자.

당글라르가 모르세르에게 파혼을 선언한 바로 그날, 안드레아는 쇼세당탱에 있는 이 은행가의 집에 나타났다. 거기서 그는 아버지가 귀국한 후 생긴 걱정거리들을 그럴듯하게 늘어놓았다. 그리고 아버지가 떠난 후 아쉬워하던 가족의 정을 이 집에서 느꼈다고 말하며 외제니의 아름다운 눈동자를 보고 사랑의 정열을 발견했다고 말했다.

안드레아 카발칸티의 입에서 그런 말이 나오기를 기다리고 있던 당글라르는 당장 본론으로 들어갔다. 그는 그 청혼을 영광으로 받아들인다고 말한 후 안드레아의 아버지께서는 어떻게 생각하실지 궁금하다고 말했다. 안드레아가 대답했다.

"아버지는 제가 프랑스에 영주하고 싶을 때가 오리라고 미리 생각하고 계셨습니다. 그래서 제 신분을 증명할 모든 서류를 제게 맡기셨습니다. 그리고 제가 결혼하게 되면 매년 300만 프랑을 주겠다는 어음도 남기셨지요. 아마 아버지 수입의 4분의 1에 해당되는 금액일 겁니다. 게다가 제게는 어머니 레오노라 코르시나리에게서 물려받은 몫이 매년 200만 프랑 정도는 됩니다. 그 모든 돈을 불리는 일을 당신에게 맡기겠습니다.”

당글라르는 물에 빠져 허우적거리다가 단단한 지면이 발에 닿을 때 느끼는 기쁨을 맛보았다. 그들은 좋은 날을 잡아 약혼식을 갖기로 합의했다. 헤어지기 전 안드레아가 가능한 한 상냥한 미소를 지으며 말했다.

“자, 이제 미래의 장인과의 이야기는 끝난 셈입니다. 이제는 은행가인 당글라르 씨께 한 말씀 드리도록 하겠습니다.”

“무슨 말이든지.” 당글라르가 웃으며 화답했다.

“제가 내일 모레 댁의 은행에서 4,000프랑을 받게 되어 있지요. 그런데 백작께서 다음 달에는 아무래도 지출이 많을 거라며 2만 프랑짜리 어음을 주셨습니다. 여기 있습니다.”

당글라르가 어음을 받으며 말했다.

“이런 건 얼마든지 가져오십시오. 백만 프랑짜리라도 상관없습니다. 내일 2만 4,000프랑을 「영수증」과 함께 보내드리지요.”

다음 날 10시 그가 묵고 있는 프랑스 호텔로 정확하게 2만 4,000프랑이 전달되었다. 안드레아는 그 돈을 들고 하루 종일 외출했다가 돌아왔다. 그가 나타나자 호텔 문지기가 그에게 쪽지를 전했다. 그는 방으로 돌아와 쪽지를 펴보고는 심각한 고민에 빠졌다. 편지 내용이 충격적이었기 때문이다.

오래만이군 베네데토, 토스카나에 있을 줄 알았더니 파리에서 호강하고 있군. 금광이라도 찾았나. 난 자네가 여기저기 파티에 참석하는 것도 다 보았지. 그 안에 들어가 한마디하고 싶어 입이 근질근질한 걸 참았다네. 옛 시절이 영 그리워지더군.
내가 누구인지는 잘 알겠지? 만나고 싶으면 내일 아침 9시에 생탕투안 광장으로 날 찾아오게.

안드레아는 눈살을 잔뜩 찌푸렸다. 누구인지 알 만했다. 함께 탈옥한 감방 동료였다. '녀석이 어떻게 파리에 올라오게 된 거지? 잘못하면 내 모든 계획이 수포로 돌아갈지 몰라.'
어쨌든 녀석을 만나보아야 했다. 그는 약속한 시간에 약속

장소로 갔다. 문제의 사나이가 기다리고 있었다. 독자 여러분도 그 사나이의 모습을 보았다면 놀랐을 것이다. 그는 바로 카드루스였다. 부소니 신부, 그러니까 우리의 몽테크리스토 백작이 다이아몬드를 주고 온 바로 그 사나이 카드루스였다. 독자들은 그가 다이아몬드를 밑천으로 착실하게 살기를 바랐을 것이다. 그런데 그는 탐욕으로 인해 나락에 떨어졌다. 그는 다이아몬드를 팔러 갔다가 다이아몬드와 돈을 다 빼앗으려는 욕심에 보석상을 해친 후 체포되어 감옥에 간 것이었다. 그리고 같은 감방 안에 있던 안드레아와 함께 탈옥한 것이었다.

안드레아를 보자 그가 말했다.

"아주 팔자가 좋으시군. 당글라르 딸한테 장가도 가실 예정이라며? 그런데 그게 다 잘될까?"

"아니, 터져 오르는 질투심에 환장을 하셨나? 뭘 어떻게 하겠다는 겁니까? 정 어렵게 지낸다면 당신이 그럭저럭 지낼 만한 돈은 내가 줄 수 있어요. 한 달에 200프랑 정도면 될 거 아니에요?"

"글쎄, 그걸로 그럭저럭 지낼 수도 있겠지. 하지만 언제까지나 자네 신세만 질 수 있겠는가? 게다가 자네는 그보다 훨

씬 많은 돈을 만지고 있더군. 자네만큼은 아니더라도 나도 호강 좀 해야겠어. 한몫 잡아야겠어. 내 나이가 벌써 쉰이거든.”

“아니, 도대체 어떻게 해달라는 거요?”

“네 돈은 하나도 축내지 않고 3만 프랑 정도 내 손에 들어오게 할 수 없겠나?”

“안 돼요. 도둑질하는 걸 도와달라는 거예요? 나를 또 감방에 들어가게 하려고요?”

“뭐 나야, 한 번 더 감방에 간다고 두려울 것 없어. 감방에 동료가 있으면 더욱 좋겠지.”

안드레아의 얼굴이 새파래졌다. 그러나 그는 재빨리 머리를 굴렸다.

“내가 솔직히 말하겠어요. 사실 내 진짜 아버지는 카발칸티가 아니에요. 몽테크리스토 백작이에요. 내게 50만 프랑을 유산으로 남긴다는 「유서」도 있어요. 거기다가 내가 아들이라고 인정해 놓았다니까요. 그런데 그분이 정말 부자예요. 돈이 그냥 발에 밟힐 정도예요. 내가 그 집을 수시로 드나드니까 다 알지요.”

카드루스가 침을 꿀꺽 삼켰다.

“네가 그 집에 마음대로 드나든다고? 그 집이 어딘데?”

“샹젤리제가 30번지예요.”

“나도 그 집에 한번 들어갈 수 없을까?”

“무슨 수로요? 당신을 무슨 명목으로 그 집에 들여놓는단 말입니까?”

“그러지 말고 그 집 구조나 말해봐.”

안드레아는 못 이기는 척 그 집의 후원과 안뜰 등 구조를 말해주었다. 그리고 1층과 2층 구조도 알려주었다. 그런 후 그에게 마지막으로 말해주었다.

“백작은 1주일에 한두 번씩 오퇴유에 있는 별장으로 가요. 내일 간다고 하더군요. 갈 때 하인들을 다 데리고 가니까 하루 종일 집은 텅 비어 있어요.”

그 말을 한 후 둘은 헤어졌다.

이튿날 안드레아의 말대로 백작은 알리와 하인들을 데리고 오퇴유로 떠날 예정이었다. 베르투치오가 노르망디로부터 오퇴유로 돌아왔기 때문이다. 백작은 베르투치오에게 노르망디에 범선을 마련해놓고 출항 준비를 한 채 대기시켜놓으라고 지시했던 것이다. 백작은 한 달 안에 출항하게 될 것이라고 베르투치오에게 말한 후 다음과 같이 덧붙였다.

"어쩌면 하룻밤 사이에 파리에서 트레포르까지 가야 할 일이 생길지도 몰라. 그러니 도중 여덟 군데에 역마차를 대기시켜놓도록. 열 시간 안에 200킬로미터를 갈 수 있도록 준비해놓아야 하네."

백작이 베르투치오에게 지시를 하고 있는데 문이 열리더니 바티스탱이 나타났다. 백작이 무슨 일이냐고 묻자 바티스탱은 아무 말 없이 편지를 내밀며 말했다.

"중요한 내용 같습니다."

백작은 편지를 뜯어 읽었다.

몽테크리스토 백작께,

한 가지 긴요한 사실을 알려드립니다. 오늘 밤 어떤 자가 귀하의 샹젤리제 저택에 몰래 숨어 들어가서 돈과 서류들을 훔쳐가려 합니다. 백작께서는 경찰의 힘을 빌리지 않고 놈을 처치하시리라 믿습니다. 경찰이 알게 되면 이 사실을 알려드리는 제게 큰 화가 미칠 것입니다.

백작은 처음에는 하찮은 좀도둑들의 꾀라고 생각했다. 하찮은 위험을 미리 경고해놓고 그다음에 좀 더 큰일을 벌이려는 자들이 흔히 쓰는 계교려니 생각했다. 그러나 다시 생각해보니 자신을 암살하려는 시도 같기도 했다. 그는 경찰에 알리지 않고 이 일을 혼자 처리하겠다고 생각했다. 백작은 바티스탱에게 지시했다.

"파리에 가서 집에 남아 있는 하인들을 모두 이리로 데려오고 집을 비워두게."

저녁이 되자 백작은 식사 후 알리만 데리고 남들 몰래 샹젤리제로 돌아왔다. 그리고 알리와 함께 작은 문을 통해 안으로 들어갔다. 그는 침실로 들어갔다. 알리는 백작이 이른 대로 짧은 기병총과 권총 두 자루를 책상 위에 갖다놓았다. 백작은 옆방을 들여다 볼 수 있게 벽의 움직이는 판자 하나를 옆으로 밀어놓았다. 알리도 곁에 있었다.

앵발리드의 시계가 11시 반을 울렸다. 그때 화장실 쪽에서 무슨 소리가 들렸다. 유리창을 무언가로 자르는 소리였다. 곧이어 그림자 하나가 어둠 속에서 나타났다. 그는 유리창을 떼어내더니 그리로 팔을 쑥 집어넣고 손잡이를 돌리더니 안으로 들어섰다.

백작이 그 사나이 모습에 집중해 있는데 알리가 백작의 어깨를 살며시 건드렸다. 그는 뒤를 돌아보았다. 알리가 큰길로 나 있는 창문을 가리켰다. 창가로 가서 보니 한 사나이가 문 앞에 있는 돌 위로 올라서더니 집 안 쪽을 살피는 모습이 보였다.

'옳거니, 두 놈이 작당을 한 거로군. 한 놈은 집 안으로 들어와서 행동하고 한 놈은 망을 보는 거로군'

그는 알리에게 밖에 있는 놈을 잘 감시하라고 이른 후 다시 화장실 창문이 보이는 쪽으로 왔다.

안으로 들어온 사나이는 주머니에서 열쇠 꾸러미를 꺼냈다. 순간 그 사나이의 얼굴이 달빛에 잠깐 드러났다. 그의 얼굴을 본 백작은 깜짝 놀랐다.

'아니, 저건!'

알리가 도끼를 들자 백작이 낮게 속삭였다.

"도끼는 치워도 돼. 무기는 필요 없어."

그가 알리에게 낮은 목소리로 뭐라고 지시했다. 알리는 발끝으로 걸어가더니 벽에 걸려 있던 검은 사제복과 삼각 모자를 가져왔다. 그사이 백작은 입고 있던 겉옷을 벗었다. 그리고 알리가 사제복을 가져오자 그 옷을 걸치고 삭발 가발로 머리를 덮었다. 그 가발 위에 사제모를 쓰니 백작은 단번에 신부의 모습으로 변신했다.

그는 다시 창문 앞으로 갔다. 돌 위에 있던 사나이는 다시 밑으로 내려가 있었다. 그는 인기척에는 신경도 쓰지 않고 오로지 백작의 집 안에서 일어나고 있는 일에만 신경을 쓰는 것 같았다.

그때 백작의 얼굴에 갑자기 엷은 미소가 떠올랐다. 그는 알리를 손짓으로 오라고 하더니 말했다.

"너는 절대로 모습을 보이지 말고 어둠 속에 숨어 있어라. 무슨 일이 일어나더라도 내가 부르기 전에는 절대 꼼짝 말고 있어라."

알리가 알았다고 고개를 끄덕이고는 다시 바깥이 내다보이는 창가로 갔다.

백작은 장속에서 초를 하나 꺼내더니 불을 붙였다. 그리고 도둑이 아직도 열심히 자물쇠를 열려고 낑낑대고 있는 문으로 다가가 가만히 문을 열었다. 그러고는 도둑에게 조용히 말했다.

“안녕하시오, 카드루스 씨. 이 시간에 도대체 무슨 볼일이 있는 거요?”

카드루스는 깜짝 놀라 소리쳤다.

“부소니 신부님!”

백작은 재빨리 창문을 막아섰다. 도둑이 도망갈 수 있는 유일한 길목을 막아버린 것이다.

“몽테크리스토 백작 집에 볼일이 있으신 모양이로군. 뭘 훔치려고 하는 건가?”

신부는 빈정거리는 말투로 침착하게 말했다.

“죽을죄를 지었습니다, 신부님!”

“보석상을 죽인 후 감옥에 갔다는 건 내가 알고 있지. 그런데 누가 자네를 구해준 거지?”

“영국 사람입니다. 윌모어 경이라고 하더군요.”

“그 사람이 당신을 탈옥시켜주었다는 말인가?”

“실은 감방 동료인 젊은 코르시카 사람이 도와준 거지요.”

“그 청년 이름은?”

“베네데토입니다.”

“어떻게 탈옥했는데?”

"노역을 나갔을 때 영국 사람이 쇠를 끊는 줄을 갖다주었습니다. 그걸로 쇠사슬을 끊고 물에 뛰어들었습니다."

신부는 시치미를 떼고 물었다.

"그럼 그 베네데토는 어떻게 되었지?"

"어떤 귀족의 아들이 되었답니다. 바로 이 집 주인 몽테크리스토 백작이 그의 아버지라고 하더군요."

그 말에 신부도 약간 놀라는 것 같았다.

"아니, 그게 사실인가?"

"그렇습니다! 그렇지 않으면 가짜 애비를 만들어주고 한 달에 4,000프랑씩 줄 리가 없다고 했습니다. 게다가 「유서」에는 50만 프랑을 물려준다고 했답니다. 지금은 베네데토라는 이름을 버리고 안드레아 카발칸티 행세를 하고 있습니다."

"아니, 그런 걸 다 감춘 채 백작 집에 드나들고 당글라르 씨 딸과 결혼하려 한다고? 그래, 그걸 모른 체할 참인가?"

그때였다. 카드루스가 "에잇, 빌어먹을! 주둥아리 닥쳐라, 이놈의 신부!"라고 소리치며 안에 품고 있던 단도를 뽑아들었다. 그리고 단번에 백작의 가슴을 찔렀다. 그러나 깜짝 놀란 것은 신부가 아니라 카드루스였다. 단도가 가슴에 박히기는커녕 그대로 튕겨져 나온 것이다. 가슴에 이미 철판을 대두었던 것을 카드루스가 알 리가 없었다.

백작은 왼손으로 도둑의 팔목을 잡아 힘껏 비틀었다. 카드루스는 칼을 떨어뜨리며 비명을 질렀다. 백작은 비명에 아랑곳 하지 않고 더욱 힘을 주어 도둑의 팔목을 비틀었다. 카드루스는 털썩 무릎을 꿇더니 땅에 넙죽 엎드렸다. 백작은 발로 사내의 머리를 짓누르며 말했다.

"어디, 이대로 그냥 머리를 짓이겨줄까?"

"아이고, 제발, 목숨만은!"

백작은 발을 카드루스의 머리에서 내려놓으며 일어나라고 말했다.

"살고 싶으면 내가 부르는 대로 받아써."

그 말과 함께 백작은 펜과 종이를 내주었다.

카드루스는 시키는 대로 책상 앞에 앉아 백작이 부르는 대로 받아 적었다.

귀하께 소중한 정보를 알려드립니다. 귀하의 댁에 출입하면서 따님과 결혼하려는 자는 안드레아 카발칸티가 아닙니다. 그는 저와 함께 툴롱 감옥을 탈출한 전과자입니다. 저는 58호, 그자는 59호 죄수였습니다.

그자의 이름은 베네데토입니다. 그러나 그는 부모의 얼굴조차 본 적이 없습니다. 그래서 그의 본명은 자신도 모르고 있습니다.

백작은 그에게 서명을 하고 주소를 쓰게 한 후 말했다.

"이제 됐으니 가봐."

"어디로 갈까요?"

"들어온 길로. 다행히 집으로 무사히 돌아가게 된다면 한시 빨리 이곳을 떠나. 아예 프랑스를 떠나든가. 정직하게 살겠다고 결심하고 실천하면 내가 약간의 생활비는 보태주지. 다만 무사히 돌아갔을 때 이야기야."

카드루스는 창문을 통해 나가더니 사다리를 타고 아래로 내려갔다. 그의 발이 땅에 닿는 순간, 어둠 속에서 한 사내가 나타나더니 카드루스의 등을 칼로 세차게 내리쳤다. 카드루스는 "사람 살려!"라고 고함을 질렀다. 그와 동시에 옆구리에 다시 한 번 칼이 들어왔다. 그가 땅바닥을 구르자 상대방이 그의 머리채를 휘어잡더니 가슴 한복판을 다시 한 번 내리 찔렀다.

암살자는 머리채를 쥐어 고개를 끌어올려보았다. 카드루스는 눈을 감은 채 입술을 일그러뜨리고 있었다. 그는 카드루스가 죽었다고 생각하고 그의 머리를 팽개친 채 어둠 속으로 사라져버렸다.

그자가 사라지자 카드루스는 팔꿈치로 짚고 일어서며 혼신의 힘을 다해 소리쳤다.

"살인이야! 사람 살려! 신부님! 신부님!"

곧이어 알리와 백작이 손에 횃불을 들고 달려왔다. 신부의 모습을 보고 카드루스가 혼신의 힘을 다해 부르짖었다.

"오, 신부님! 제발 살려주세요!"

그 말을 마지막으로 그는 기절해버렸다. 백작이 알리를 시켜 옷을 벗겨 보니 끔찍한 상처가 세 군데나 있었다.

백작은 알리에게 말했다.

"빨리 포부르 생토노레에 가서 빌포르 검사를 모셔 와라. 가는 길에 의사도 불러오게 하고."

알리가 명령을 이행하러 가자 카드루스가 겨우 눈을 떴다.

그러자 부소니 신부가 말했다.

"좀 기다려. 의사를 부르러 갔으니."

"틀렸어요. 의사가 와도 저는 죽을 거예요. 하지만 기운은 좀 차릴 수 있게 해주겠지요. 죽기 전에 할 말은 꼭 해야겠어요."

"무슨 말을?"

"날 죽인 자요."

"그자가 누군지 아나?"

"그럼요. 놈은 베네데토예요."

카드루스가 다시 정신을 잃으려 하자 백작이 집 안으로 들어가더니 약병을 하나 들고 왔다. 그는 카드루스의 입술에 병 속의 약을 서너 방울 떨어뜨렸다. 그러자 카드루스가 다시 정신을 차렸다.

"신부님, 그놈을 고발해야겠어요."

"내가 진술을 받아 적을까? 끝에 서명만 하면 돼."

복수의 정념은 진정 강한 것인지 죽어가는 마당에도 카드루스의 눈이 번쩍 빛났다. 백작은 그가 말하는 대로 받아 적었다.

툴롱 형무소에서 있던 제58호 죄수 카드루스, 코르시카 사람 베네데토의 손에 살해되어 죽습니다. 그도 형무소

안드레아 카발칸티

에 함께 있었으며 그의 죄수 번호는 59호입니다.

백작이 펜을 주자 그는 있는 힘을 다해 서명했다.

"나머지는 신부님이 아시는 대로 다 말씀해주세요. 그놈이 안드레아 카발칸티 행세를 하고 있다는 것, 파리의 한 호텔에 묵고 있다는 것……, 오오……, 하느님, 나는 죽습니다. 신부님, 나머지는 다 말씀해주시겠지요?"

"내가 다 말해주겠네. 그자가 당신 뒤를 따라와 당신을 죽이려고 계속 밖에 지키고 있었다는 것을 말하겠네."

"그럼 신부님께선 그걸 다 보셨단 말인가요? 그러면서도 제게 알려주지 않았다는 말씀이세요?"

"그자가 하느님의 정의를 실현한다고 생각했기 때문이다. 잘 들어. 너는 하느님을 세 번 배반했어. 제일 먼저 친구를 배신했지. 그런데 하느님이 한 번 구원해주셨어. 큰 재산을 주신 거지. 그런데 재물 욕심에 살인을 했어. 그리고 뜻밖에 너와 함께 탈출한 녀석을 만나고는 또 한 번 탐욕 때문에 죄를 저지른 거야. 또 한 번 살인을 하려 했지."

"도대체 당신 같은 신부는 처음 봤소. 죽어가는 사람을 위로해주기는커녕 절망을 안기다니!”

“자, 나를 잘 봐.”

백작은 변장을 하고 있던 모자와 가발을 벗었다. 그리고 검은 머리를 늘어뜨렸다.

“앗, 윌모어 경이 아닌가요?”

“난 부소니 신부도 아니고 윌모어 경도 아니야. 자, 좀 더 자세히봐. 더 옛날로 돌아가서 기억을 더듬어보라고.”

“도대체 당신이 누구란 말이오?”

백작은 카드루스가 곧 숨을 거둘 것임을 알았다. 그는 죽어가는 카드루스 가까이 갔다. 그리고 침착하게 그의 귀에 대고 말했다. 그의 눈은 서글픈 표정을 띠고 있었다.

“나는……. 나는…….”

그의 입술 사이로 조용히 이름이 새어나왔다.

그러자 카드루스는 “오, 하느님! 오오, 하느님 아버지시여”라고 외치더니 그대로 숨을 거두었다.

10분 후에 의사와 검사가 도착했다. 부소니 신부가 시체 옆에서 기도를 드리고 있다가 그들을 맞이했다.

큰글자 세계문학컬렉션 17

몽테크리스토 백작 2

펴낸날	**초판 1쇄 2019년 11월 25일**

지은이	**알렉상드르 뒤마**
편 역	**진형준**
펴낸이	**심만수**
펴낸곳	**(주)살림출판사**
출판등록	**1989년 11월 1일 제9-210호**

주소	**경기도 파주시 광인사길 30**
전화	**031-955-1350 팩스 031-624-1356**
홈페이지	http://www.sallimbooks.com
이메일	book@sallimbooks.com

ISBN	978-89-522-4118-4 04800
	978-89-522-4101-6 04800 (세트)

※ 값은 뒤표지에 있습니다.
※ 잘못 만들어진 책은 구입하신 서점에서 바꾸어 드립니다.

이 도서의 국립중앙도서관 출판시도서목록(CIP)은 서지정보유통지원시스템 홈페이지
(http://seoji.nl.go.kr)와 국가자료공동목록시스템(http://www.nl.go.kr/kolisnet)에서
이용하실 수 있습니다.(CIP제어번호: CIP2019047384)